ビストロ三軒亭の美味なる秘密

斎藤千輪

角川文庫
21517

Bistro Sangen-tei
Contents

目次・扉イラスト　丹地陽子
目次・扉デザイン　西村弘美

プロローグ

「桜の花が散るときは、レの音がするんだね」

そんな風に、薄桃色の花びらが散る様を表現した女の子がいた。

あれは三年ほど前だっただろうか。自宅近くですれ違った愛らしい少女が、歌うような調子で言ったのだ。彼女の手を引く母親が「そう聞こえるのね」と、聖母のごとくやさしくほほ笑んでいたのを覚えている。

共感覚、と呼ぶらしい。

『ひとつの刺激が本来の感覚以外の領域の感覚をも引き起こすこと』と、辞典に載っていた。たとえば、あの少女のように花が落ちる気配を音階として認知するとか、何かの音を聞くと色が見える、とか。

その芸術的とも言える感覚に憧《あこが》れた神坂隆一《かみさかりゅういち》は、桜の季節になるたびに、自分にも音が聞こえるのではないかと耳を澄ます。しかし、花びらが落ちるのをじっと待っていても、目の前に舞い降りてきても、音を感じたことは一度もない。

――今日だってそうだ。

やっぱり僕って、平々凡々な人間なんだよな……。

胸中で自嘲《じちょう》気味につぶやいてから、左袖《そで》の上に着地した花びらを右手でつまみ、それを捨てるべきか持ち帰るべきか逡巡《しゅんじゅん》する。

花びらが着地した左腕は、焼きたてのバゲット入りの紙袋を抱えていた。腕から伝わる温《ぬく》もりと香ばしい香りが、ほのかな幸せを運んでくる。

このバゲットは、世田谷《せたがや》区・三軒茶屋《さんげんぢゃや》に隣接する街、三宿《みしゅく》にある超人気パン屋の名物だ。

低温長時間発酵で小麦の香りを高く引き出した、中はもっちり、外はパリっとしたバゲット。隆一がギャルソンのアルバイトをしている『ビストロ三軒亭《さんげんてい》』で、今夜だけ特別に提供するのだ。いつもは別の店から焼きたてパンを届けてもらうのだが、予約客からリクエストがあったため、隆一が三宿まで買いに行ったのである。

いつものパンも美味《おい》しいけど、ここのも最高なんだよなー。甲乙つけがたい。

……あ、そうだ。パンを入れる小皿に、桜の花びらを飾ったらどうかな。洗って清潔にした花びらを白い皿に敷き詰めて、その上にガラス皿を置いたりして。季節感があっていいんじゃないかなあ。シェフの伊勢《いせ》さんに相談してみよう。

桜とパンを巡った思考に終止符を打ち、花びらを薄地のコートのポケットに入れて歩き出す。

三軒茶屋と下北沢《しもきたざわ》を結ぶ〝茶沢《ちゃざわ》通り〟の裏路地に足を踏み入れると、目指していたビルの入り口に人影があった。女性が一人、佇《たたず》んでいる。

——コトリ、と心臓の辺りで音が鳴った気がした。

夕焼けの光が、彼女の長い黒髪を照らす。濃い緑色のロングカーディガンの裾《すそ》が、春風でたなびいている。肩から下げた紺色のキャリーバッグから、小さな黒い頭が覗《のぞ》いている。犬。黒いパグだ。

笑んでいるような口元から、ピンクの舌がペロリと出ている。ハート形のトルコ石がついた、茶革の首輪に見覚えがあった。名前は、〝エル〟ことエルキュール。アガサ・クリスティーが生んだ稀代《きたい》の名探偵、エルキュール・ポアロから取った名前だ。

エルのシワに覆われた顔先を、薄桃色の花びらが通過する。つぶらな瞳《ひとみ》でそれを追い、ペチャンとした黒い鼻がクンクンと動く。抱えている女性は、ビルの五階の辺りをじっと見上げていた。

そこには、『ビストロ三軒亭』が入っている。窓には夕日が反射しているため、中の様子を見ることはできないが、スタッフたちが開店の準備をしているはずだ。

いかつい顔つきなのにオネエ言葉を話すソムリエの室田重《むろたしげる》が、バーカウンターでグラスを磨いている。いや、室田はソムリエ以外の仕事もこなせるマルチプレイヤーなので、厨房《ちゅうぼう》の仕込みを手伝っているかもしれない。

隆一の先輩ギャルソンで元医大生のメガネ男子・藤野《ふじの》正輝《まさき》は、テーブルセッティングが完璧《かんぺき》になるように整えているだろう。同じく先輩の岩崎陽介《いわさきようすけ》は、サッカーで鍛えた肢体をフルに動かし、店内を駆けずり回っているはずだ。

そして、三十三歳の若さで店を切り盛りするオーナーシェフの伊勢優也《ゆうや》。

厨房の真ん中で長めの髪を後ろで束ね、調理ナイフを手に侍のごとく高潔なオーラを放っているであろう彼は、名探偵ポアロのファンで……あの黒いパグ、エルの名付け親だ。昔、伊勢がまだシェフの修業中だった頃、同棲《どうせい》していた恋人と一緒に育てていたのがエルで――。

隆一の記憶が蘇《よみがえ》る。

とても切なくて儚《はかな》くて、胸の奥が締め付けられるようなラブストーリー。お互いを想い合いながらも、離れ離れになってしまった彼と彼女。

その話は、まだ結末を迎えていない。

神様、お願いします。どうかあのストーリーに、最高のハッピーエンドを……。

強く乞《こ》いながら、隆一は相変わらずビルの前で動かない女性に近寄り、そっと声をかけた。

1

soufflé ～スフレ～

Bistro Sangen-tei

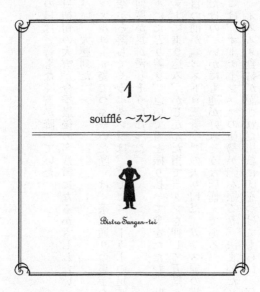

その日は、音もなく雪が降っていた。

三月初旬の大雪。今季最後の名残雪になるかもしれない。

「ヤバい、大遅刻だ」

ダッフルコート姿でつぶやいた隆一は、茶沢通りの裏手を猛ダッシュしていた。鈍《にび》色《いろ》の空から落ちてくるボタン雪は、すでにスニーカーの足跡がつくくらい積もっている。何度か足が滑りそうになった。

ビルにたどり着き、急いで雪を振り払って傘をたたむ。吐く息が白い。古びたエレベーターに乗り込み、かじかんだ指でボタンを押して五階へと上がる。ドアが開くと、すぐ目の前が『ビストロ三軒亭』の入り口だ。ガラス扉の横にシンプルな看板が出ているだけの、いかにも通が好みそうな店構えである。

ここは、オーナーシェフの伊勢が腕を振るう、決まったメニューのない小さなビストロ。オススメ食材が記された用紙に印をつけてもらい、好みや気分をギャルソンに伝えると、それを受けた伊勢がそのテーブルだけのオリジナルコースを考案する。要するに、オーダーメイドのレストランだ。

客が希望すれば、ギャルソンを指名することもできる。指名とは言っても、食事をより楽しんでほしいためのシステムで、終始付きっ切りなわけではない。指名されたギャルソンは、ひとつのテーブルだけをしっかりと担当し、つかず離れずの執事のような感覚で、給仕と会話を提供するのだ。

入店した頃の隆一は、距離感がつかめずに失敗したこともあった。だが、今は適度なタイミングで席を離れ、必要なときを見計らってテーブルに向かうようにしている。ワインの酔いで饒舌《じょうぜつ》になり、話が止まらなくなった挙句、付きっ切り状態となる常連客も多いのだが。

入り口を開けると、すぐ横にレジカウンター。その右奥にあるガラス扉で隔たれたバルコニー席だけは、ペット連れ可となっている。二席しかないテーブルは、家族同然の犬猫を連れた客でいつも満席状態だ。

入り口の左手は、六席のテーブルとバーカウンターがあるメインホール。

決して広くはないけれど、赤を基調とした店内には、伊勢が好きなアガサ・クリスティーほか、翻訳ミステリーの書籍が並ぶ本棚やガス式の暖炉があり、アットホームな雰囲気を漂わせている。厨房から焦がしたバターのような、腹の虫がうずく香りが漂ってくる。

「すみません、電車の遅延で遅くなりました！」

隆一が大声で挨拶《あいさつ》をすると、すでに黒で統一されたギャルソン姿の先輩たちが、笑顔で迎えてくれた。

「遅くなったから賄い抜きな。オレがもらっちゃお」

隆一のひとつ上、二十三歳の陽介が人懐こそうな笑顔を見せ、右手にキスをするような仕草をした。元サッカー少年だった彼は、事あるごとに伝説のサッカー選手、ラウル・ゴンサレスがゴールを決めたときのようなポーズを取る。ラウルのように指輪はしていないけど。

「えーっ？　マジですか？」

「それを決めるのは陽介じゃないだろう」

陽介より二つ年上の正輝が、メタルフレームのメガネに手を添え、「室田さん、どうします？」と、バーカウンター内の室田に問いかける。医学の知識を持つ元医大生の正輝。ついこのあいだまで、わけあって銀髪にしていたのだが、今は黒く戻した髪をオールバックにしている。オーダーを取る際は、食材の栄養素まで詳しく説明するインテリ派ギャルソンだ。

「そうねえ……賄い抜きじゃ可哀そうだから、パンと水くらいかしらね」

オネエ言葉だが、それは強面《こわもて》で屈強な体躯《たいく》の持ち主のため、客を怖がらせない処世術である室田。この店の出資者でもあり、頼れる大黒柱でもある。先日、四十四歳になったばかりだという。

「……分かりました」

隆一がしょんぼりとスタッフルームに向かう。伊勢が作る賄いは、他では味わえない料理ばかり。昨日の、残り物のフォアグラがたっぷり入ったオムレツも絶品だった。いつも楽しみにしているのに……。

「ウソだから、早く着替えてらっしゃい」

背後から室田の声と、三人の笑い声がした。

「はい!」と、振り返って元気に答えてみせる。もちろん、冗談だと知っていた。

スタッフの中で一番年下の隆一は、みんなにイジられることが多い。〝イジメとイジリの大きな違いは、そこに愛があるかないかだ〟と誰かが言っていたが、まさしくそうだなと思っている。

スタッフルームのロッカー前で制服に着替えながら、隆一は〝フォアグラ〟というワードで喚起されたことを、ぼんやりと考えていた。

「同じフォアグラでも、店によって味が違うんだよな……」

比較してしまったのは、三茶の隣駅・池尻大橋《いけじりおおはし》の近くに最近オープンした、グランメゾン級のフランス料理店『ラ・ヴェスパ』だった。

そこは、銀座《ぎんざ》に本店がある星付きレストランの姉妹店。どちらかと言えば大衆寄りのビストロで、味は本格派だが形式ばらず、コストパフォーマンスもいい三軒亭とは、趣が異なる超高級志向の一軒家レストランだ。

四か月ほど前に三軒亭でバイトを始めるまで、フレンチのフの字も知らなかった隆一だったが、伊勢や先輩たちからいろいろと学び、定期的な試食会で味を覚え、だいぶフレンチというものの理解が進んだような気がしていた。まだまだ未熟者だが、サービスも以前よりは板についてきたように感じている。

なにしろ隆一は、セミプロではあったが舞台に立っていたことがあるのだ。

役者でした！　と言い切れるほどではなかったが、所作や用語を覚えるのは、割と早い方だと思っている。役作りのために人を観察してしまうようになったクセも、未《いま》だに抜けていない。

実は、本気でプロの舞台役者になろうとして、大学を中退していた。

大学の演劇サークルでOBにスカウトされ、アイドルが所属する演劇ユニットに所属。だが、人気の増したアイドルが抜けたことで、ユニットは解散。その後は、オーディションに落ちまくりながらも次のチャンスを狙い続けていたので、ギャルソンの仕事は腰かけのバイトのつもりでいた。少し前までは。

今は違う。役者の夢は気持ちよく手放せたと思っている。

それは、三軒亭でいろんな想いを抱えている人々と触れ合って、己と真剣に向き合った結果、「舞台で大勢を楽しませるのも、目の前の誰かを楽しませるのも、同じように楽しい」と実感できたからだ。

つたないながらも精一杯仕事に邁進《まいしん》していたら、つい先日、丁寧な感謝の手紙が指名客から届き、胸が躍るようなよろこびを味わった。この仕事が、ますます面白くなっていた。

そんな隆一に、常連客の一人であるグルメライターの女性が、冗談交じりで言ったのだ。

「ラ・ヴェスパのオーナーよく知ってるんだけど、社員募集中らしいよ。若手がほしいんだって。隆一くん、ここはバイトなんでしょ？　あの店なら紹介できるよ。……なーんてね」

ラ・ヴェスパでは、フランス語の研修や海外研修もあるらしく、ほんの少しだけ興味を惹《ひ》かれてしまった。

隆一は、そろそろバイトではなく、本腰を入れてギャルソンの修業をしたいと考えていた。（もっと上を目指すなら、星付きレストランに就職するのも悪くないかも）と、雑念がよぎってしまったのだ。

一度くらいは行ってみようかと、バイトが休みの日にランチをしてみた。誰にも内緒の偵察だ。最安値のコースでも一日分のバイト代が吹き飛ぶくらいの値段だったが、そこは何から何までがゴージャスな空間だった。

壁のいたる場所に有名画家の作品が飾られ、華美な花が生けられた店内。中央にはグランドピアノがあり、シャレた服装の客たちが、生演奏を聴きながら食事を楽しんでいた。

グラスや食器、ナイフやフォークなどのカトラリーは、かっぱ橋の老舗《しにせ》食器店に特注したオリジナルで、店名が刻印されている。料理は旬《しゅん》の食材を駆使し、芸術と呼んでもいいほどの盛り付け。ひと皿ごとに食べるのが惜しくなるほど美しく、味も素晴らしい。

たとえば、前菜でチョイスした〝サーモンのマリネ　ビーツのフリチュールと共に〟。鮮度の良さそうなスライスサーモンのマリネが敷き詰められた上に、細く桂剝《かつらむ》きにしたビーツを丸ごと素揚げにしたフリチュール（揚げ物）が載っている。

隆一は、その逆さにした赤い籠《かご》のようなフリチュールの形態にまずは驚愕《きょうがく》。そして、ビーツの赤とサーモンピンクのコントラストに目を見張った。たとえるなら薔薇《ばら》園で咲き誇る花々のようで、ため息が漏れる。

もったいないなと思いつつ切り崩したフリチュールを、フォークで丸め取ったサーモンと共に口に入れた。カリッとした食感とビーツの微《かす》かな苦みが、とろけるように滑らかなサーモンの甘みと相まって、舌をよろこばせる。レモンとローズマリーの香りがサーモンの脂っこさを中和してくれて……。

　とにかく、見た目も味も、麗しいと表現したくなる料理だった。

　メインで登場した〝フォアグラと鴨胸肉のポアレ　トリュフソース〟もこってりと濃厚で、スライスした白トリュフがふんだんにちりばめられている。三軒亭で食べるフォアグラより味が深く、高級に感じてしまった。

　伊勢の料理が、和のテイストも取り入れる〝創作フレンチ〟だとしたら、この店は伝統的なフランス料理をモダンにアレンジした〝ヌーベルキュイジーヌ〟だ。

　しかも、一人でオドオドと席に着いた一張羅のジャケット姿の隆一を、ギャルソンたちはVIP客のごとく丁重に扱ってくれたのだった。

　すごい。すごすぎる……。

　若干の堅苦しさと、場違いな空気を感じながらも、あまりのハイレベルにカルチャーショックを覚えた隆一は、自分がその店でテキパキと給仕をする姿を想像してみた。

パリっとしたスーツ姿で、フランス人客を相手にフランス語で会話もしている。

わ、めっちゃカッコいいかも。三軒亭より遥《はる》かにルールが厳しそうだけど。

　弱冠二十二歳のまだまだ青い隆一は、さらに想像を膨らませる。

　このまま三軒亭で社員になろうか。それとも、星付きフレンチの姉妹店である『ラ・ヴェスパ』の門を叩《たた》いてみようか。いっぱしのギャルソンになった暁には、自分の店も持ってみたいしなあ……。

役者を辞めてギャルソンになると決意はしたものの、隆一にはその先の未来像が、まだはっきりとは見えないままでいたのだった。


頭の中で膨らんだ雑念をすっぱりと吹き消し、フロアに出て入り口に向かう。丁度エレベーターが開き、隆一の指名客が顔を出した。

長澤律子《ながさわりつこ》・三十二歳。国際線のキャビンアテンダント。細身で長身の彼女は、フワッとしたブラウスにワイドパンツを身に着け、肩に薄地のストールを羽織っている。いつもえんじ色のメガネをかけているせいか、〝女教師〟という言葉が浮かんでしまう。物腰も優雅で、上品なイメージの女性である。

「いらっしゃいませ。律子さん、お待ちしておりました」

「こんばんは。こちら、柏木省吾《かしわぎしょうご》さん。よろしくね」

長い黒髪を揺らす彼女の横には、焦げ茶のジャケットに黒いパンツを合わせた、大柄でふくよかな体形の男性が立っていた。

「ここ、一度来てみたかったんですよ。楽しみだなあ」

のんびりと言って大らかに笑う柏木。目尻《めじり》の下がった細い目が、人の良さを物語っている。

隆一は二人のコートを預かり、レジ横のコート掛けに素早くかけて、入り口から左手のホールに案内した。六つしかない席の窓際の奥にあるテーブルが、律子たちの予約席だ。ラ・ヴェスパのように豪華な生け花はないけれど、各テーブル席の真ん中に置いたガラスの小瓶に、枝付きの梅が可憐《かれん》に生けてある。

席のすぐ奥のバーカウンターから、室田が食前酒のリストを手にやってきた。

「いらっしゃいませ。食前酒はいかがですか？」

柏木はリストに目を通し、リンゴの発泡酒・シードルをチョイス。律子は「お酒を飲むと食事が入らなくなるの」といい、グレープフルーツジュースにグレナデン（ザクロのシロップ）を入れてシェイクした、ノンアルコールカクテルをオーダーした。

室田が用意した飲み物を運んだあと、アミューズと呼ばれる前菜の小皿を運ぶ。

「本日のアミューズは、〝ほうれん草のムース　塩イクラとコンソメジュレのせ〟です。スプーンでお召し上がりください」

幅広の小さなグラスに淡い緑色のほうれん草ムースが敷き詰められ、その上にクラッシュしたコンソメのジュレと、鮮やかなオレンジ色のイクラが添えてある。

律子は「サッパリしたものが食べたかったの。丁度いい感じ」と、うれしそうにカトラリーに手を伸ばし、柏木もほうれん草のムースに舌鼓を打つ。

「アミューズでその店のレベルが分かる、なんてグルメ本に書いてあったけど、これは期待しちゃうね」

「でしょ。柏木くんも絶対気に入ると思ったのよね」

「僕たち、食べ歩きが趣味なんです。いつも律子さんが美味《おい》しい店を教えてくれるんですよ。彼女と会ってから五キロは太りましたね」

いかにもうれしそうな柏木。その後の会話で隆一は、柏木が家電メーカー勤務で律子より四つ下の二十八歳であることと、共通の知人の飲み会で知り合い、すぐに親しくなったことを知った。

タイミングを見計らって、隆一がオススメ食材の記されたオーダー用紙を渡す。そこに丸印をつけてもらいながら、二人の好みを聞きだすのだ。今回は律子の希望で、〝野菜だけを使ったフルコース〟をリクエストされた。

「野菜オンリーのフレンチコースなんて、あまり食べられないじゃない？　ここなら変化球を出してくれそうだから。今日は寒いし、身体があったまる料理がいいな。お肉や魚介抜きの美味しい料理が食べたい。柏木くん、それでいい？」

「律子さんの好きなものでいいよ」

「卵やチーズなどの乳製品は大丈夫ですか？」

念のため確認すると、「それは大丈夫。もちろんバターも。控えめにしてもらえれば」と律子は答えた。

「かしこまりました。あ、本日のデザートはワゴンサービスです。五種類の中からお好きなものを選んでいただきます。のちほどお持ちしますね」

「五種類のデザートか。チョコレート系はあります？」

柏木が目をきらめかせる。

「クルミ入りのガトーショコラがございます」

「それだ！　律子さんの好きなガトーショコラ」

「柏木くん、甘いものはセーブするって言ってたじゃない。ここのお料理ボリュームあるし、メイン食べてから決めなよ」

「……そうだね」と、柏木がやや気落ちしたように言う。

どうやら、年上の彼女に頭が上がらないようだ。

「では、少々お待ちください」

隆一が席を離れようとしたら、「ねえ柏木くん」と律子が甘え声を出した。

「今日は特別。柏木くんにイクラあげる」

「え？　いいの？　律子さん、イクラ好きなのに」

「いいから。はい」

律子は自分のスプーンにのせたオレンジ色の粒を、対面に座る柏木の口に入れようとしている。

わ、ラブラブなんだな。

隆一は、二人の世界を邪魔しないように、急いで厨房《ちゅうぼう》へと向かった。

「六番テーブルのオーダーです。お願いします」

黒いコックコート姿の伊勢に、オーダー用紙を渡しながら律子のリクエストを伝える。

伊勢はしばらくのあいだ、切れ長の目で用紙を睨《にら》んでいたが、「よし」と頷《うなず》いてメニュー用のカードと筆ペンを手に取り、さらさらと品書きをしたため始めた。

「前菜、〝十種類の野菜のオードブル〟。野菜は……」

伊勢は十種類の野菜を早口で述べたあと、「二皿目、〝フランス産キノコのヴルーテ〟。キノコはシャンピニオン・ド・パリとトロンペット・ド・ラ・モール。メイン、〝山芋と栗カボチャのスフレ　畑のキャビア添え〟。以上」と続けた。

「はい！」

品書きを手渡された隆一は、十種類の野菜を間違えずに言えるように反芻《はんすう》しながら、律子たちのテーブルに戻った。

二人は手製の品書きを眺め、「十種野菜のオードブルって？」と、案の定、興味津々に尋ねてくる。隆一は、すっと息を吸い込んでから口を開いた。

「オーダー用紙に印をしていただいた中から、十種類の野菜料理をひとつのお皿に盛り付けてお出しします。今夜は、蓮根《れんこん》、黒トマト、菊芋、チコリ、カーリーケール、カブ、アケビ、紅くるり大根、カリフラワー、ズッキーニ。それぞれ、野菜の個性を引き出す調理を施します」

言えたー！　と内心でガッツポーズを取る。伊勢は、何種類もの野菜を使った前菜を出すことが多いので、その場で野菜の名を覚えるのもだいぶ慣れてきた。

「どんなお料理が出てくるのか、すごく楽しみね」

律子が瞳《ひとみ》をきらめかせる。

「よろしければ、このオードブルに合うワインをお選びしますよ」

背後から室田の声がした。ワインリストを手にしている。

「じゃあ、お任せします。律子さんも少し飲む？」

「私は大丈夫」

「かしこまりました」

室田が去り、隆一は空になったアミューズの皿とグラスを下げた。厨房でパンの準備をし、再び席に戻る。

「本日は、〝バターデニッシュ〟〝ヨモギ入りパン〟の二種類をご用意しました。両方お載せしましょうか？」

パンを入れた銀色の籠《かご》とトングを手にした隆一に、柏木が「ええ、お願いします」

と即答。律子は「とりあえず、ヨモギだけでいいです」と答え、グラスのミネラルウォーターを飲み干した。

「パンがアツアツでウマそう」

「柏木くん、食べすぎちゃだめよ。メインに行く前に満腹になっちゃうから」

「そうだね。いつもそれで失敗するんだよな」

「ほら、前に恵比寿《えびす》のシャトーレストランに行ったとき、パンを食べすぎてメインを残しちゃったでしょ？」

「ああ、あれは不覚だったなあ。奮発して一番品数の多いコース頼んだのに。……そういえば、僕の上司の結婚式、あのシャトーレストランでするらしいよ」

「本当に？　あそこで結婚式なんて、すごく高そうじゃない？」

「だよなあ。でも、メシのうまい店だと、招待された側はうれしいよな……」

律子たちが二人だけの会話をし始めたので、隆一はミネラルウォーターを注《つ》いでからバーカウンターの前で待機し、料理が出来上がるのを待った。

「お待たせいたしました。〝十種野菜のオードブル〟です」

左手に載せた二つの皿を、律子と柏木の前に置く。料理を運ぶ際に右手を使わない理由は、主に〝突発的な出来事に対応するため〟だ。

たとえば、トイレの場所を聞かれたとき、右手が空いていれば手で示すことができる。他の誰かと衝突しそうになったときも、両手がふさがっていなければ対処できる。隆一はすでに、三皿までは左手だけで運べるようになっていた。

「すっごくキレイ。動画撮らせてね」

四角いプレートの上に、少しずつ盛り付けられた十種野菜のオードブル。律子がスマートフォンで料理の撮影をし始め、隆一が伊勢から厨房で受けた料理の説明を、ひとつひとつ伝えていく。

「手前から、〝菊芋のフリット・トリュフ塩添え〟、〝クルミバター入り蓮根饅頭《れんこんまんじゅう》〟、〝黒トマトのバジルソース〟、〝チコリのグラタン〟、〝カーリーケールとミモレットのサラダ〟、〝紅くるり大根のグラッセ〟、〝アケビのカッテージチーズあえ〟、〝カリフラワーのマリネ・ターメリック風味〟、〝ズッキーニのラタトゥユ〟。小さなカップに入っているのは〝カブのスープ・カプチーノ仕立て〟です」

素材感を生かしつつきめ細やかな仕事がしてある野菜類は、基本的に契約農家から直接仕入れる無添加ものだ。

「どれも美味しそうでボリューミー。どれから食べようか迷うわね」

動画を撮り終えた律子は、素早くナイフとフォークを構えた。

「私は紅くるり大根のグラッセから。……ん、柔らかくてジューシー」

「じゃ、僕は菊芋のフリット。うー、揚げたてでウマい！」

二人は感嘆しながら料理を楽しんでいる。柏木は室田がチョイスしたコート・デュ・ローヌの白ワインをグラスで飲み、「どの料理にも合う」と相好を崩していた。

続いて提供した二皿目は、〝フランス産キノコのヴルーテ〟。

受け皿に載ったスープ皿で湯気を立てるヴルーテとは、すり下ろした素材をブイヨンで仕上げた、極めて濃厚な〝食べるスープ〟だ。

「キノコはシャンピニオン・ド・パリとトロンペット・ド・ラ・モール。シャンピニオン・ド・パリは、大粒マッシュルームのフランス名です。トロンペット・ド・ラ・モールは、日本では黒ラッパ茸《きのこ》と呼ばれるラッパの形をしたキノコ。豊かな香りをお楽しみください」

厨房で受けた説明を、淀《よど》みなく伝える。食材の名前や味にもだいぶ詳しくなった。

「ホント、とってもいい香り」

香りを深く楽しみ、銀製のスプーンでグレーがかったヴルーテをすくう律子。スプーンを口に入れた途端、「すごい……」とため息をついた。

「なんだろう、バランスがいいのかしら。味は濃いめなんだけど、香りは強すぎないからいくらでも食べられそう。これ、生クリーム入ってるの？」

「ほんの少しだけ。トロンペット・ド・ラ・モールはバターの風味がするので、生クリームに頼らなくてもコクがでるんです」

隆一も試食したことがあるので、どれほど美味なキノコなのかよく分かる。

柏木は室田にチョイスされ、ブルゴーニュの赤ワイン〝ピノ・ノワール〟をヴルーテに合わせて楽しんでいる。

「うん、熟成した赤ワインと合わせると、キノコの香りがより鮮明に感じられる。律子さんもちょっと飲んでみる？」

「ああ、私は大丈夫。隆一くん、さっきのノンアルコールカクテル、もう一杯もらっていい？」

「もちろんです」

「僕はパンをお代わりしたいな。バターデニッシュ。ヴルーテに浸して食べたい」

「かしこまりました」

隆一は、「ね、素敵なお店でしょう？」「うん、いいね」と弾む二人の声を心地よく感じながら、飲み物とパンの準備をしに向かった。

柏木にパンをサーブしていると、隣のテーブルで女性三人組を担当していた正輝が、銀色のワゴンを運んできた。

ワゴンの中央で存在感を放っているのは、外側が濃い褐色、断面が赤ピンク色の大きな骨付き生ハムの塊りだ。その周囲に、料理の載った三枚の皿、ソース入れ、サーブ用のカトラリーが置いてある。

「お待たせいたしました。〝生ハム・ルッコラ・マスカルポーネのガレット〟です。この場で生ハムをスライスさせていただきますね」

よく響く美声で正輝が言った途端、三人組が嬌声《きょうせい》を上げた。

ワゴン上の各料理皿には、蕎麦粉《そばこ》で作ったクレープ〝ガレット〟の上に、青々としたルッコラやマスカルポーネチーズが盛られてある。その上に、正輝がスライスした生ハムをたっぷりと載せていく。

仕上げに自家製シーザーソースをかけ、料理が完成した。

「どうぞ、お召し上がりください」

正輝に料理皿を置かれた三人が、口々に礼を述べて食事を始めた。

それを眺めていた柏木が、ゴクっと喉《のど》を鳴らして「ウマそうだなあ」と言った。

「ダメよ。おデブさんなんだから」

即座に律子がツッコむ。

「野菜だけのコースにした本当の理由、分かってないの？」

「分かってるよ。ダイエットでしょ」

「そうよ。柏木くんも言ったじゃない。五キロも太ったって。内臓脂肪だって増えてるんだから、身体に良くないわよ」

律子がすまし顔でグラスを傾ける。

「厳しいなあ」と言いながらも、柏木はうれしそうに目尻《めじり》を下げる。

「あと三キロは痩《や》せましょう。パンもこれ以上は食べちゃダメよ」

「はいはい、分かりましたよ、律子様」

仲がいいんだなあ、と隆一が思ったとき、ワゴンを引いた正輝が通りかかった。柏木は生ハムの塊りに釘《くぎ》づけ状態だ。その食い入るような視線に気づいた正輝が、柏木の前でワゴンを止めた。

「よろしければ、少しスライスいたしましょうか？　〝ジャンボン・ド・バイヨンヌ〟。フランスのバイヨンヌから取り寄せた生ハムです。今お召し上がりのワインにも、きっと合うと思いますよ」

どうやら、正輝には律子たちの会話が聞こえていなかったようである。

「いいんですか？」と柏木が前のめりになる。

「ええ。フランス産の生ハムはイタリアやスペインよりも知名度が低いですが、品質は保証いたします。ぜひ、試食してみてください」

「つまり、サービスしてくださると？」

「柏木くん、食い意地張りすぎよ」

律子に窘《たしな》められても、「いいじゃない、少しくらい。フランス産の生ハム、食べてみたいよ」と、柏木は前言をあっさり撤回する。

「では、軽く盛らせていただきますね」

「あ、私は結構です。すみません」と、律子が正輝に向かって手を振った。

「承知しました」

正輝はワゴンの下から予備の取り皿を出し、業務用の手袋をつけてから、慣れた手つきで生ハムの塊りをスライスした。薄いが巨大なスライスを皿に盛り、柏木の前に置く。熟成された燻製《くんせい》肉の香りが立ち込めている。

隆一は新たなカトラリーを柏木の皿の横に置いた。

「ありがとうございます。いい店だなあ」

相好を崩した柏木が生ハムを頬張り、「ウマい！」と声を上げた。

「太っちゃっても知らないからね」と律子が柏木を軽く睨《にら》む。

「ごめんなさい、明日《あした》から気を付けます。……あっ」

ワインを飲もうとした柏木が、口から滴を垂らしてしまった。

「あーもう、世話が焼けるわねえ」

素早くポケットティッシュを取り出し、柏木の口元に当てる律子。

その様子をほほ笑ましく思いながら、隆一は厨房《ちゅうぼう》に入っていった。

メイン料理が仕上がったので、律子たちのテーブルに運んだ。

「メインのお料理、〝山芋と栗カボチャのスフレ　畑のキャビア添え〟です」

え？　と二人は戸惑っている。なぜなら、隆一もワゴンを引いていたからだ。

ワゴンの上には、黒いホーローの両手鍋《なべ》が蓋《ふた》をしたまま置いてあり、その横に取り分け用のカトラリーや小さな蓋つきの容器、深めの取り皿が用意されている。

「こちら、寒い季節だけにお出しするストウブのお料理です」

「ストウブって？」と柏木が尋ねてくる。

「ストウブ（STAUB）は、特殊加工されたホーロー鍋のブランド名。フランスの三ツ星シェフも愛用していると言われてます。伝導率が高くて保温性も高いから、どんな料理も美味《おい》しく仕上がるんです。煮込み、炊き込みご飯、ココット、なんでも作れますが、今夜はアツアツのスフレをご用意しました」

隆一が蓋を開けようとしたら、「待って」と律子に止められた。

「開けるとこ、動画で撮りたいから。……はい、どうぞ」

改めて蓋を開けると、中から白い湯気が溢《あふ》れ出し、膨れ上がった薄黄色のスフレが顔を出した。バターとチーズの香りが辺りに漂う。

わあ、と律子たちが歓声を上げた。

「スフレはフランス語で『ふっくら焼いた』という意味があるんです。これは山芋が入っているので、よりふんわりしていると思います」

などと説明をしながら、フワフワのスフレにナイフを入れ、半分にしたものをスプーンで皿に取り分けていく。このように、ゲストの前でギャルソンがパフォーマンスをするのが、三軒亭のウリになりつつあった。隆一もかなりサーブに慣れてきている。

スフレは、卵白で作ったメレンゲに、チーズや生クリームを混ぜた生地をオーブンで焼き、ふんわりと膨らませた料理。三軒亭に入店するまでは、甘いデザートのスフレしか知らなかった隆一だが、前菜や主菜にもなる料理なのだと、認識を改めていた。

今夜の特製スフレは、パルミジャーノとフロマージュブラン、二種類のチーズと山芋のすり身をメレンゲ生地にたっぷり混ぜ、中に栗カボチャのクリームコロッケを入れてストウブで焼き上げたもの。素早く取り皿に盛りつけたスフレの上に、別容器に入った〝畑のキャビア〟をこれまた素早くトッピングする。

畑のキャビアの異名を持つ〝とんぶり〟は、ほうき草の実を乾燥させて外皮を剝《む》いた、東北ではお馴染《なじ》みの食材。粒々とした見た目もプチプチする食感もキャビアにそっくり。このとんぶりは塩漬けにしてあるので、味もキャビア風になっているはずだった。

「スフレの中には、マッシュした栗カボチャに生クリームを合わせ、さっくりと揚げたコロッケが入ってます。冷めるとスフレがしぼんでしまうので、温かいうちに召し上がってくださいね」

スマホを置いた律子が、「いただきます」とスプーンを手にし、数秒後、アッッ！と声を上げて咀嚼《そしゃく》したあと、「なにこれ、初めての味覚！」と目を見開いた。

「ふわふわの軽いスフレが口の中で溶けて、コロッケのサクサク感と栗カボチャのコックリとした甘みが残って、とんぶりがプチって弾《はじ》けるのよ。食感が楽しくて美味しい」

「うん、スフレの生地はお好み焼きに近いような感じもするけど、バターの風味がして、ちゃんとフレンチになってる。栗カボチャのコロッケもクリーミーで、これだけ食いたいくらいウマい。いやー、ここのシェフは面白いこと考えるんだなあ」

二人とも、伊勢の創作フレンチが相当お気に召したらしい。

「律子さん、このあとのデザートはどうする？」

「デザート食べるの？　私はもういいかな」

「……じゃあ、僕もやめとこう」

「そうね。甘いものは避けましょう。減量減量」

律子の言葉に、柏木はいかにも残念そうに頷《うなず》いた。

「このお店、本当にいいでしょ。意外とコスパもいいの。接待にも使えるし」

「うん。いいとこ教えてもらった。お礼に何かプレゼントするよ。もうすぐ律子さんの誕生日だし。何かほしいものある？」

「なんでもいいの？」

「いいよ」

「うんと高いものかもしれないよ？」

「……上限決めてもいい？」

「もー、なんでもよくないじゃない」

また二人の世界に入っていったので、隆一は軽く会釈をし、次に来店する客のテーブルセットを整えに向かったのだった。

律子と柏木の来店から五日後。

意外なことに、柏木が遅い時間に一人でやって来た。先日は「また二人で来ます」と、律子と一緒に満足そうに帰っていったのに。

テーブル席は予約ですぐ埋まってしまう三軒亭だが、カウンター席だけはフリー客でも対応できるようにしてある。フリー客の給仕を担当するのは主に室田だ。カウンターの右端に座った柏木は、「軽くつまめるものをお任せで」と注文し、室田のセレクトしたワインを急ピッチで飲んでいるようだった。

その横を通りかかった隆一は、「隆一くん、あとで少し話してもいいかな？」と訊《き》かれたので、「もちろんです」と返答。担当客を送り出し、テーブルを片付けたあと、柏木の元へ急いだ。

「お待たせしました。もう柏木さんの貸し切り状態なので、ゆっくりお相手させてもらいますね」

「おー、待ってたよ。もう、待ちくたびれちゃったよー」

まるで駄々っ子のような言い方をする。前回、律子と一緒だったときとは感じが違う。今夜は一人だからなのか？　それとも、ワインの酔いのせいなのか？

カウンターの奥から、室田が柏木のグラスにワインを注《つ》ぎ足している。

「柏木さんって、実は酒豪だったのね。これで二本目よ」

ガッチリとした体形の室田だが、ボトルやグラスを扱う手つきがしなやかで美しいなと、隆一はいつも思う。ちなみに、正輝と陽介は、担当していたテーブルをせっせと片付けている。

「隆一くん、ちょっと離れるからよろしくね」

空いた皿を手に室田が厨房へ行き、隆一が代わりにカウンター内に立った途端、眉《まゆ》をひそめた柏木が手にしたスマホを向けてきた。

「実はさあ、こんなこと話したくて来たわけじゃなかったのに、こんな動画が届いちゃってさ。もう、どうしたらいいのか分かんなくて」

液晶画面に、料理が載ったテーブルが映っている。

これのどこが問題なのか、意味がさっぱり分からない。

「あ、いきなりごめん。ずっと室田さんに話してたんだけど、隆一くんにも聞いてほしいんだ。こんなこと言える相手、なかなかいなくてさ……」

どうやら悩みを抱えているようだ。バーカウンターの止まり木は、客が溜《た》め込んだものを吐き出せる場所であると、隆一も十分理解している。

「僕でよかったら、なんでも聞きます。なんでも話してください」

すると柏木は、衝撃的な言葉を吐き出した。

「実はね、律子さんに騙《だま》されてるみたいなんだ。彼女には何か秘密がある」

——我が耳を疑った。

騙されている？　秘密？　あの上品で面倒見のよい律子さんに？

えんじ色のメガネをかけた、律子の笑顔が浮かんできた。

二人は仲のいい恋人同士だと思っていたのに……。

茫然《ぼうぜん》とする隆一の前で、柏木は自身の疑惑を吐露し始めた。

「律子さんと知り合ってもうすぐ二年になるんだけど、僕は彼女の部屋に招かれたことがない。実家も知らないままだし、そもそも、ちゃんと付き合っているのかどうかすら、確認したことがないんだ。

律子さんは独身のCAさんで、都内のマンションで一人暮らしをしているらしい。両親は長野でペンションを経営しているらしい。兄弟はいないらしい。

話だけは聞いているけど、それが本当かどうか、確かめたことはない。

僕には結婚願望がなくて、自分の家族を作るなんて想像もしたことがなかった。友だちも独身者ばかりだから、考える機会がなかったのかもしれない。それは律子さんも同じだったようで、お互いに将来を考えずに済む相手だから、気軽に付き合っていけるんじゃないかって、初めは勝手に思ってた」

柏木はワインをひと口飲み、フゥと息を漏らした。

「だけど、いつの間にか本気で彼女を大事にしたくなってきて……。もし律子さんが望むなら、結婚も考えなきゃな、なんて思うようになってたんだ。口に出したことはなかったけど。

でもね。最近、律子さんが変わってきたんだよ。……悪い変化だ。

週に一度は僕のマンションに泊まりに来てたのに、その回数がめっきり減った。このあいだ三軒亭に来たのは、ひと月ぶりのデートだった。

実は、ひと月前に車をレンタルしてドライブに行ったんだ。葉山《はやま》まで行って、海沿のカフェで軽くランチをして。それは楽しかったんだけど、車の中で知っちゃったんだよ。……律子さんの苗字《みょうじ》が変わったこと」

「えっ？」と、つい聞き直してしまった。「苗字が変わった？」

柏木は悩ましい表情で、「そう、苗字が違っていたんだ。免許証の名前が、『長澤律子』じゃなくて『谷口《たにぐち》律子』だった」と、隆一に再度告げた。

「彼女がパーキングエリアでトイレに行ったとき、助手席の下に免許証が落ちてたんだ。それを何気なく見ちゃってね。初めは、偽名を名乗られていたのかと思った。でも、そうじゃなくて、律子さんの旧姓が『谷口』だったんだ。

恥ずかしい話だけど、僕は免許証の裏面まで見てしまった。備考欄に、〝本籍変更・新氏名　長澤律子〟って印刷されていた。更新前だから、免許証の表側は旧姓のままだったんだよ。新しい氏名になったのは、三年も前。つまり彼女は、二十九歳のときに『谷口』から『長澤』に苗字が変わった。その理由はひとつしか考えられない。

……結婚だ」

「結婚……」

バカのひとつ覚えのように、聞いた言葉を繰り返してしまう。

「ショックだった。月並みな言い方だけど、頭を殴られたような衝撃を受けた。律子さん、もしかして結婚してるの？　何度もそう尋ねたかったけど、結局、何も言えずにいた。何かを聞いてしまうことで、二人の関係性が変わるのが怖かったからだ」

「臆病《おくびょう》な卑怯《ひきょう》者だと笑ってくれていいよ」

柏木は自虐的に言い、薄っすらと口の端を上げた。

もちろん、笑えるわけがない。何か言葉をかけたかったけど、気の利いたことは何も浮かばなかった。

それにしても、柏木がスマホで見せようとした料理の動画と、今の話がまったく繋《つな》がらない。さり気なく首を捻《ひね》った隆一に、「それから、もっと悪いことが起きたんだ。最悪だよ」と眉をひそめてから、柏木は話を再開させた。

「五日前、三軒亭で食事をしたあと、律子さんは僕の部屋に来てくれた。僕は焼酎《しょうちゅう》が飲みたくなって、つまみを用意した。

野菜尽くしのコースは飛び切りウマかったけど、途中で食べた生ハムの味が忘れられなくてね。肉系のものが食べたくなっちゃって。丁度、冷凍のマグロがあったので、マグロとキュウリのユッケを作ったんだ。刻んだキュウリとマグロをごま油とすりおろしニンニクであえて、生卵の黄身を落としただけの簡単料理だ。律子さんはユッケをひと口食べて『美味《おい》しい』って言ってくれた。でも、そのあと見てしまったんだ。キッチンに行った彼女が、口の中のユッケを捨てるところを。何でも美味しく食べる健啖家《けんたんか》なのに……。

そのユッケは前にも出したことがある。味はそのときと変わらないし、食材は新鮮だったから、お腹が一杯なのに無理をしていたのかもしれない。

……いや、本当に最悪なのは、その話じゃない。そのあとに起きた出来事だ」

三分の一ほどになっていたグラスに、隆一がワインを注《つ》ぎ足す。柏木は一気に半分ほど飲み、暗い声を出した。

「律子さんは先月、フライトで台湾《たいわん》に行って、オフの時間に寺巡りをしたらしくてね。その写真をスマホで見せてくれたんだ。

彼女は中華系の寺に興味があるんだよ。二人で台湾を旅行したときは、いろんな寺に行って、日本とは違う中国式のおみくじを楽しんでいた。あっちでは竹筒に入った棒くじと、三日月型の神具を振って運勢を占うんだ。

それで、二月に台湾に行ったときも、一人で寺を回っておみくじを引いていたらしい。『大天后宮《ダイテンゴウキュウ》』と、『臨水夫人媽廟《リンスイフジンマビョウ》』。どちらも台湾では有名な寺だ。

その『大天后宮』の写真を見てたとき、とんでもないものまで目に入っちゃったんだ。律子さんの指が滑って、見てはいけない写真が出てきたんだよ。

――山門の前で、彼女が三歳くらいの子どもを抱いてる写真。しかも、同年代の男性と一緒に写ってたんだ。とても幸せそうな笑顔で」

柏木が悲しそうに目を伏せる。

隆一は驚きを顔に出さないように努め、沈黙を守り続けた。

「『機内でサービスしたお客さんとお子さん。偶然バッタリ会って』

律子さんはそう言ったけど、僕は完全に疑ってしまった。

自分は律子さんに、騙されているんじゃないだろうか？　彼女はずっと、秘密を抱えていたのかもしれない。本当は既婚者で、写真の男性は夫、抱いてたのは実の子どもなんじゃないか？　……そんな風に。

台湾の写真を見ながら律子さんは、『次のデートは横浜《よこはま》中華街の〝媽《マ》祖廟《ソビョウ》〟に行って、中国式おみくじが引きたい』と言っていた。だけど、こんな疑惑を抱えたままで、中華街になんて行きたくないよ」

グラスのワインを飲み干す柏木。隆一がまたお代わりを注《つ》ぐ。

閉店時間はもう過ぎていた。正輝と陽介は、テーブル周りを静かに片付けている。

室田はレジカウンターで仕事中。その隣で、いつの間にか厨房《ちゅうぼう》から出て来ていた伊勢が、帳簿に書き物をしている。

柏木の話に夢中になっているうちに、全スタッフがフロアに集まっていた。もしや、みんなにも話が聞こえているのではないだろうか。

柏木の話し声はどんどん大きくなっていく……。


「律子さんは今、仕事でオーストラリアに行ってるらしいんだ。今年の正月に二人で初詣《はつもうで》に行ったとき、『三月にシドニーに行くことが決まったの。大好きな国のひとつ』ってよろこんでた。でも、本当に仕事でシドニーに滞在してるのか、分からないんだ。もしかしたら、写真の男と子どもと一緒にいるのかもしれない。

疑ってしまった僕は、律子さんに何気なく言ってみた。

『シドニーで食べた料理をスマホで撮って、動画を送ってほしいな』

彼女はよく、僕に滞在先の動画を送ってくれるので、不自然なリクエストではなかったと思う。そんな動画を送ってもらったところで、何かがはっきり分かるわけないのに、そうせざるを得ない自分が惨めだった」

苦し気な柏木に、隆一は何を言えばいいのか分からなかった。自分が彼の立場だったら、同じように猜疑心《さいぎしん》に囚《とら》われてしまいそうだったから。

「さっき、律子さんから料理の動画が届いたんだ。昨日の夕食を送るって。そこに、とんでもないものが映ってたんだよ」

隆一はやっと、柏木にスマホで見せられた動画の意味が分かった。

「これ。ちょっと見てほしいんだけど」と、柏木がまたスマホを見せようとする。

「ちょっと待ってください。そっちに行きます」

カウンターの中から柏木の隣に移動し、動画を見せてもらった。


「じゃあ、これからシドニーのディナーを紹介します。今夜はホテルでルームサービスを取りました。シドニー郊外のホテルです」

律子の声がし、テーブルを映していたカメラが動き出した。オフホワイトのクロスの上に並んでいるのは、白い皿に盛られた料理の数々。

「これは。〝ブロッコリーとマッシュルームのクリームパスタ〟。手打ちパスタの上に、ブロッコリーとコーンがタップリのってます。生のマッシュルームが散らしてあって、なんか夏っぽい感じでしょ。こっちは日本と季節が逆だからね。あと、これはホテル特製のバーニャカウダ。野菜は、キュウリとかニンジンとかセロリとか……日本とあまり変わらないわね。どのお料理も量が多いのよ。食べ切れないかもしれない。あと、葡萄《ぶどう》ジュース。これがすごく美味しくて……」

料理の説明をする律子。紫の液体が入ったワイングラスがアップになる。横には、重ねられた数枚の取り皿と、カトラリーの入った籠《かご》がある。そのわきに、薄茶の鶏の卵のようなものと、律子のものらしき赤い布製の小物入れが置いてあるのが、一瞬だけ映り込んだ。

卵……ゆで卵だろうか？

動画に律子の腕が入った。ブラウスの袖《そで》から腕時計が覗《のぞ》く。時刻は夜十時過ぎ。

「そうそう、今夜は星がすっごくキレイなの。夜景モードで撮っておくわね」

スマホを持ったまま、律子が部屋の中を移動した。映り込んでいるのは、確かにホテルの内装だ。中流クラスのリゾートホテル、といった雰囲気である。

バルコニーのガラス扉を開けて、外に出ていく。そこは中層ホテルのようで、遠くにビル群の夜景がちらりと映り、画面は夜空になった。澄んだ空で星々が光っている。

星座に詳しい人がよろこびそうだ。まったく詳しくない隆一には、ポピュラーなオリオン座くらいしか分からなかったが。

「こんなキレイな星空、東京ではなかなか見られないでしょ。シドニーは本当にいいところよ。海も山も都会もあって。……あ、電源が切れそう。またね」

動画が終わる瞬間、バルコニーに置いてある屋外用のテーブルと椅子が映った。

テーブルの上にグラスがひとつ。紫色の液体が少しだけ入っていた。

スマホを手にしたまま、柏木が隆一を見つめる。

「いま、見たでしょ？」

「見ました」

「おかしいと思わなかった？」

「えーっと、僕、シドニーって行ったことがなくて……」

「行ったことがなくたって、おかしいと思うはずなんだけど」

不満そうに柏木が言い、隆一のリアクションを待っている。

もしや、クイズでも出したつもりなのだろうか？

だが、動画を脳内で再生してみても、おかしなところが分からない……。

困った隆一は、柏木に提案をしてみることにした。

「あの、うちのスタッフに、僕なんかとは比べ物にならないくらい洞察力があって、推理力もある人がいるんです。名探偵ポアロが大好きで。今の動画をお見せしてもいいですか？」

もちろん、シェフの伊勢のことだ。柏木にはすでに紹介してある。

「それは頼もしいかもしれない」

と柏木がつぶやいたので、即座に伊勢を呼びに行く。ほかのスタッフも遠巻きにこちらを見ている。

「伊勢さんに見てほしい動画があるんです」

伊勢にそう言うや否や、柏木が「よろしければ、皆さんも見てください」と他のスタッフに声をかけた。全員に打ち明けることで、重い心を軽くしたいのかもしれない。

「では、失礼して」と正輝が姿勢よく歩み寄る。メタルフレームのメガネがキラリと光った。いたずらっ子のような笑顔が特徴の陽介は、「ナニナニ、なんですか？」と、好奇心丸出しで近寄ってきた。

室田は少し離れた場所に立ち、穏やかにほほ笑んでいる。おそらく、すでに柏木から話を聞き、動画を見たのだろう。

黒いコックコート姿の伊勢は、「私でお役に立つのなら」と切れ長の瞳《ひとみ》を瞬かせ、長めの黒髪を後ろで縛り直した。

「お恥ずかしい話なんですけどね……」と、柏木が再び事情を語り、先ほど隆一に見せた動画を再生した。

「ね、おかしいと思いませんか？　グラスが二つあったんですよ。部屋の中とバルコニーに」

動画の再生が終わった直後、柏木が自ら正解を述べた。

「ホテルのルームサービスだって言ってましたよね。それなのに、グラスが二つ。料理も量が多くて取り皿が何枚かあったし、フォークなんかもたくさんあったようでした。誰かと二人で食事をしていたんですよ。ホテルの一室で。もしかしたら、台湾で一緒に写ってた男かもしれない……」

興奮気味でしゃべったあと、しょんぼりと肩を落とす。

「……なんて考えてしまう自分が、たまらなく嫌なんです。だから、皆さんに情けない話を聞いてもらって。……本当に申し訳ないです。でもね、律子さんには秘密があるような気がしてならないんですよ。どうしても」

気持ちは理解できる。柏木にとって、律子はそれほど大事な女性なのだろう。

そういえば……、と隆一は思い返していた。

柏木と同じように、恋人の実家を知らずに付き合っていた結果、連絡が取れなくなってしまった男性がいる。

目の前で静止したスマホ動画を眺めている伊勢だ。

伊勢がまだシェフの修業をしていた頃、同棲《どうせい》をしていた恋人・マドカ。

イラストレーターの卵だった彼女と伊勢には、ある夢があった。

いつかの未来に伊勢が自分の店をオープンさせ、その店内にマドカが描いた作品を飾る、という夢。

しかし、叶《かな》わないまま二人は別れてしまった。

実は、マドカは重い心臓病を患っていたのだ。

彼女は病気を隠したまま、心が離れた振りをして伊勢に別れを切り出し、二人で育てていたパグのエルを連れて家を出た。夢に向かって邁進《まいしん》する伊勢の、足を引っ張ってしまうと思ったから。

それに気づいた伊勢は、マドカの行方を捜した。

共通の友人に訊《き》いてみたが、彼女の居場所を知る者はいなかった。実家にも連絡をしたかったのだが、マドカは「家族と仲が良くない」という理由で、実家の住所も電話番号も伊勢に伝えていなかったらしい。

別れ話を切り出す少し前から、伊勢が作った料理を食べなくなっていたというマドカ。彼女が一番好きだったという、伊勢の特製キッシュまで。

本当は、食べたくなかったのではなく、食べられなくなっていたのだ。

なぜ、気づいてやれなかったのか。なぜ、実家のことを聞いておかなかったのか。

後悔し続けた伊勢。

やがて彼は、修業していたフレンチ店の支配人で、ソムリエでもあった叔父《おじ》の室田と共に、ビストロ三軒亭を立ち上げた。

自分の作りたいものではなく、相手が求めるものを提供するオーダーメイドのレストラン。三軒亭という店名は、マドカが「どうせなら三軒くらいレストランを出したい」との理由で考えたものらしい。

「そんな店で楽しい時間を提供し続けていれば、いつかマドカが来てくれるかもしれない。そのときは、彼女の好きだったキッシュを作ろう」

遠い目をしながら、隆一や先輩ギャルソンに打ち明けてくれた伊勢。彼は、マドカが来店する日まで、誰かからキッシュをリクエストされても、絶対に作らないと決めていた……。

「……妙だな」

怪訝《けげん》そうな伊勢の声で、隆一は夢想から覚めた。

「伊勢さん、彼女の動画で何か気づきましたか？　男性の痕跡《こんせき》？」

「いえ、そうではなくて……」

「気づいたことは言ってください。なんでも」

柏木が伊勢を凝視している。その強さに根負けしたかのように、伊勢が「大変申し上げにくいのですが……」と口を開いた。

「今の動画には、明らかにおかしな点があった気がするんです」

「おかしな点？」

怯《おび》えたように瞬きをしながら、柏木は「お願いします。はっきり言ってもらわないと、余計不安になりますから」と懇願した。

さすが、ポアロ好きな伊勢さん。目の付け所が自分とは違うんだろうな。

改めて畏敬《いけい》の念を抱きながら、隆一は伊勢の発言に集中する。

彼は極めて真摯《しんし》な態度でこう言った。


「律子さんには、確かに秘密があるようですね。あなたに嘘をついている」


嘘……？　と一同がどよめく。

どこに嘘があったのか、隆一もよく分からない。

「なんで？　なんでそう言い切れるんですか？」と柏木が伊勢に迫る。

室田が「優也、はっきりものを言い過ぎよ」とフォローに入った。

「いえ、大丈夫です。ズバリと言われた方が楽になれる」

カウンターの上で、柏木が両手を固く組む。正輝と陽介も、緊張の面持ちで伊勢を見つめている。

「では、ご説明します。先ほどの動画を、もう一度見せていただけますか？」

柏木が指示に従い、映像が流れる。律子がバルコニーに出て星空が映った辺りで、伊勢が「ここです」と言った。柏木がポーズをかける。

「ほら、オリオン座が映ってますよね」

伊勢が画面の一部を指差す。隆一も真っ先に目に入った星々。線で結ぶと砂時計のような形になるのが特徴の星座だ。

「オリオン座は、日本では冬の星座として知られています。動画が撮影されたのは昨日の夜。律子さんの時計は十時過ぎ。その頃なら、日本でも南西の夜空に見えていたはずです。東京だと見られない日も多いでしょうけど」

それで？　と言いたげな顔を柏木がする。

少し言いづらそうに、伊勢が言葉を重ねる。

「シドニーがあるオーストラリアは南半球。北半球にある日本とは、見える星も角度も異なります。この動画が本当にシドニーで撮ったものなら、三月の十時頃にオリオン座が映ることはない。そう思ったんです」

ハッとする柏木。すかさず正輝が「確かにそうですね」と追随する。いつの間にかスマホを手にしている。検索をしていたようだ。

「オーストラリアだともっと遅い時間。あちらの時間だと、深夜二時頃に東の地平線から上がるようです」

「なるほどー。自分も小学校の頃に習った気がします。ぜんぜん気づかなかったけど」と、陽介が感心したように言った。

言われてみればそうだな、と隆一も思った。南半球にあるシドニーで、日本の冬の星座が同じ時間帯にくっきりと見えるのは不自然だ。

「つまり……」と柏木が声に悲壮感を滲《にじ》ませる。

「律子さんは、北半球で撮影した動画を送ったにもかかわらず、オーストラリアで撮ったと嘘をついた。そういうことですね」

がっくりと首を垂れる。

「まだ本当かどうか分かりませんよ。たとえそうだったとしても、何か理由があったんじゃないかしら。グラスが二個あったのだって、同僚の方と同室だったのかもしれないし。カトラリーを多めに出すのも、よくあることですよ」

室田がやんわりと声をかけたが、柏木は顔を上げようとしない。

「彼女は嘘をついていた。僕を利用していたのか……?」と小さくつぶやく。

「はいはい、この話はもう終わり!」と、室田が手を鳴らした。

「そうですね。これはわたしの憶測にすぎません。不躾《ぶしつけ》なことを申して、失礼いたしました」

伊勢が謝罪したと同時に、「いや！」と柏木が威勢よく顔を上げた。

「こんな気持ちのままじゃ帰れません。僕は律子さんとの未来を真剣に考えようとしていたんです。お願いします。ほかに気づいたことがあったら教えて下さい！」

必死に頼まれ、一同は顔を見合わす。

隆一はフルスピードで考えた。

柏木のために、自分が力になれることは？

伊勢の推測が本当かどうか、確かめる方法は……？

「そうだ！」

思わず大声を出してしまった隆一に、その場の誰もが注目する。

「律子さん、うちの姉の知り合いじゃないですか！　同じ会社のCAさんだし、姉さんが何か知ってるかもしれません！」

と口に出した瞬間、青ざめていた柏木の頬に赤みが差した。

律子は隆一の姉、京子《きょうこ》の職場の先輩だった。三軒亭の常連客である京子に連れてこられて以来、律子もここに通うようになったのだ。

「そう、そうだよ！　こうなったら羞恥心《しゅうちしん》なんてどうでもいい。隆一くん、お姉さんに連絡してもらってもいいかな？」

「もちろんです！」

ポケットから取り出したスマホの電源を入れる。急いで京子の番号に電話をかけた。

『……もしもし？』

京子の声。背後からガヤガヤと人がしゃべる声も聞こえてくる。

「姉さん、今どこ？」

『なによいきなり。飲んでるの、三宿で』

「うわ、ラッキー！」

大声が出てしまった。三宿ならここから歩いても行ける。

そういえば京子から、最近、三宿に行きつけのバーができたと聞いていた。京子は隆一と同じく、川崎《かわさき》市・梶《かじ》が谷《や》にある実家暮らし。梶が谷から田園都市《でんえんとし》線で一本の三茶や三宿界隈《かいわい》は、彼女の夜遊びエリアなのである。

『は？　なにがラッキー？　隆くん、仕事中なんじゃないの？』

「今、柏木さんが来てるんだよ。一人で。律子さんのことで、姉さんに聞きたいことがあるんだ」

はっ、と息を呑《の》む音がした。

「ねえ、律子さんって今シドニーにいるの？」

『……なんでそんなこと、隆くんが知りたがるのよ』

「僕じゃないよ。柏木さんが……」

横にいた柏木が、「ちょっと代わってもいいかな」と言ったので、その旨を素早く伝えてスマホを柏木に渡す。

「夜分にすみません、柏木です。ご無沙汰《ぶさた》してます。ちょっと気になることがありまして……」

それからしばらく、柏木は京子と話をしていた。律子から送られてきた動画が、シドニーからではないのではないかと伝え、何か知っているなら教えてほしいと何度も懇願。聞いているのが辛《つら》くなるくらい、柏木は必死だった。

「……分かりました。僕の電話番号は……あ、名刺をお渡ししてたんですよね。お待ちしてます。本当にありがとうございます」

通話を終えた柏木が、隆一にスマホを返しながら「来てくれるそうです」と言った。

「いま三宿にいて、すぐに向かうって言ってくれました。僕、どっかで待ってます。長居しちゃってすみません」

財布を取り出した柏木に、「だったら、ここで待っててくださっていいですよ」と室田が話しかけた。

「でも、閉店時間すぎちゃってますよね？」

「バーコーナーだけは延長可にすることもあるんです。京子さんはうちの常連様ですしね。柏木さん、もう少し何か飲まれます？」

いかつい顔つきだが心根のやさしい室田に、柏木が感謝の言葉を述べる。

「じゃあ、もう一杯だけ飲ませてもらおうかな。……その前に、一服だけしたいんですよね。ここら辺に公衆喫煙所ってありましたっけ？」

「ありますよ！　キャロットタワーのすぐ近くに。すずらん通り入り口の横です。なんなら自分、案内しましょうか？」

陽介が張り切っている。今にも走り出しそうだ。高校までプロのサッカー選手を目指していただけに、身体を動かしたくてたまらないタイプなのである。そして、大家族の長男で大の猫好き。ギャルソン歴はそう長くないため、隆一が一番話しやすい、気さくで朗らかな先輩だ。

「ありがとう。大丈夫、一人で行ってみます」

入り口に向かおうとスツールから下りた柏木に、正輝が歩み寄った。

「外は寒いので、コートをどうぞ」

「ああ、これはどうも」

柏木に正輝がコートをかける。一瞬、隆一の頭が真っ白になった。

「す、すみません！　それ、担当の僕の仕事なのに……」

担当客にコートすら差し出せないなんて……と猛省したら、「いや、僕は今夜、誰も指名してないよ。皆さん、お気遣いいただいて、本当にありがとうございます。ちょっと行ってきますね」と柏木が述べる。

そうか。言われてみれば、今夜の柏木さんはカウンター席に座ったフリー客。僕が指名されたわけじゃなかったんだ。

少しだけホッとしながら、扉を開けるべく先に入り口へと向かう。

「お気をつけて」

エレベーターの前まで見送った隆一に、「お姉さんまで巻き込んじゃって、本当にごめん」と言い残し、柏木の寂しそうな背中がエレベーターの中に消えた。

「実は、ちょっと気になることがありまして……」

店内に戻ると、正輝が伊勢に話しかけていた。自分のスマホを手にしている。

正輝は実家が開業医で、自身も医大に進んでドロップアウトした知性派。食材の栄養素や医療の知識に長《た》け、料理のサーブも巧み。さらには後輩たちの面倒見もよいという、見習いたいところが多い先輩なのである。

「いま調べたら、律子さんが台湾で訪れた寺と横浜の『媽祖廟』には、ある共通点があったんです」

「さすが正輝さん、リサーチが早いですね」

陽介が即座に感嘆した。

「余計なお節介はしたくはなかったんだが、柏木さんがあまりにも気の毒だったんでな」

「分かります。僕も何か力になれないか、ずっと考えてました。律子さんの行動の謎が解けないと、柏木さんも安心できないですよね」

「ああ、だから調べてみたんだけど……」と隆一に答えて、正輝はメガネに手をやった。伊勢も隣の室田も、意味深な正輝の言葉に耳を傾けている。

「台湾の『大天后宮』『臨水夫人媽廟』、そして横浜の『媽祖廟』。この三カ所には〝臨水夫人《リンスイフジン》〟と呼ばれる、妊産婦や育児の守護神が祀《まつ》られているんだ」

「妊産婦？」

つい声を大きくしてしまう隆一。「ああ」と正輝が隆一を見た。

「それだけじゃない。律子さんの動画の中に、茶色い卵のようなものが映っていただろ？」

記憶が蘇《よみがえ》る。見たのは一瞬だけだが、確かにテーブルの上に置いてあった。隆一がゆで卵かな、と思ったものだ。

「覚えてます。赤い小物入れの横にありました」と答えると、正輝の口から意外な言葉が飛び出した。

「あれはおそらくお守りだ。安産の」

安産？　と、その場にいる誰もが驚きの表情を浮かべる。

「埼玉の〝鴻《こう》神社〟でしか手に入らない、〝こうのとりのたまご〟というお守り。木造りで真ん中に社名の朱文字が入っている。映像では見えなかったけど、アングルが変われば見えたんじゃないか。鴻神社は子宝・安産祈願で有名な神社なんだ」

「正輝さん、実家が開業医だけに詳しいですねえ」

感心した陽介に、「うちには産婦人科もあるんだ」と正輝が返答する。

「大学に行ってた頃、夜間受付のバイトをしていてな。患者さんの忘れ物で、鴻神社のお守りを預かったことがあったんだ。ネットで調べてみたけど、形も大きさもかなり似ていた」

「マジですかー。オレ、ゆで卵が映ったのかと思ってた」と陽介が無邪気に言った。

実は自分もそうだったのだが、隆一はどうでもいいことかなと思い、あえて口にしないでおいた。

「つまり、律子さんはおめでたかもしれない、ってこと？」

確認した室田に、正輝が「ええ」と頷《うなず》く。

そういえば、母が言っていたな、と隆一は思い出していた。「京子や隆一がお腹にいるとき、食べ物の好みが変わって肉や魚が好きじゃなくなった。食べる努力はしたけど」と。

「だから、あっさりした野菜だけのコースをオーダーしたのかな……」

つぶやいた隆一に、「食べ物にもヒントがあったんだよ」と言いながら、正輝がメガネの位置を直す。

「一般的に、妊婦さんが避けたがる食べ物や飲み物があるんだ。まず、胎児に影響を及ぼすとされているアルコールやカフェイン入りのもの。それから、生の食材。生ものには何らかの菌が潜んでいるかもしれないから、加熱をしっかりした食材を取る人が多いんだ。柏木さん、『律子さんがマグロのユッケをこっそり捨てた』って言ってたよな？」

「はい」

「生ハムの試食も断ってたしな。生ハム、マグロ、生卵の黄身。妊婦さんが避けそうな食材だ」

ふむ、と顎《あご》に手をやった隆一は、大事なことを思い出した。

「そういえば、僕がテーブルを担当したときも、律子さんは前菜のイクラを避けているようでした」

(今日は特別。柏木くんにイクラあげる)

そう言って彼女はほほ笑んでいた。オーダーも身体が温まる野菜のコース。それならば、生の肉や魚が提供される確率は低くなる……。

「律子さん、アルコールも飲まなかったんじゃないか？」

正輝に尋ねられたので、「ええ。ずっとノンアルコールカクテルを飲んでいらっしゃいました」と隆一が返答したら、「可能性はますます高まったな」と正輝が思案気な顔をした。

「ひと月前に律子さんが台湾に行ったときは、すでに体の変化に気づいていたから、安産祈願で知られる寺を回った。横浜の『媽祖廟』にも祈願のために行きたかった。鴻神社のお守りを入手して、ずっとそばに置いておいた。もしかしたら、律子さんは日本にいるんじゃないか。たとえば、律子さんの実家があるという長野のホテル。空気のきれいな長野なら、オリオン座がくっきりと見えるかもしれない。さっき調べたら、昨日の長野は晴天だったようだし」

なるほど、と隆一は正輝の説を納得しながら聞いていた。しかし……。

「じゃあ、なんでシドニーに行ったって嘘ついたんですかね？　あ、まだ嘘だって確定はしてませんけど」

疑問を口にすると、「それはだな」と正輝が話を続けた。

「CAさんが身ごもった場合、すぐに産休に入ると聞いたことがある。育児休暇も長くとれる航空会社が多いらしい。隆一、京子さんもそう言ってなかったか？」

「すみません、聞いたことないです。姉さんまだ独身だし」

同意できなくて申し訳なく思うが、事実なのだから仕方がない。

「まあ、そうだよな。俺は昔、産婦人科の患者さんから聞いたんだけどな。その情報が正しいとした場合、おのずと真相は見えてくる。律子さんは、すでに産休に入っている。シドニーには行かなかった。だけど、何らかの理由でそれを柏木さんに言えずにいる、となと」

「理由って？」

キョトンとする陽介に、「そこまではなあ……」と正輝が口ごもる。

「もしかしたら、だけど……」

ずっと考え込んでいた室田が口を開いた。

「柏木さん、『ずっと結婚願望がなかった、律子さんもそうだと思ってた』って言ってたわよね。だから彼女は、事実を告げられなかったのかもしれないわね。ライトに付き合っていた相手におめでたを告げたら、どんな反応がくるのか分からない。それが怖かったから、とか」

「あり得るな」

すぐさま賛同したのは、伊勢だった。

「初詣《はつもうで》のときに『仕事でオーストラリアに行く』と柏木さんに言ってあったので、今さら行けなくなったとは言い辛《づら》かった。なぜ行けなくなったのか、本当の理由が言い出せなかったから。だけど、食事の動画を送ってほしいと言われてしまったので、国内のホテルで動画を撮った。ホテルの室内で窓の外が星空なら、居場所を偽っても大丈夫だと考えたのかもしれない。正輝の言う通り、長野に滞在している可能性が高い気がする」

伊勢に言われると、それが真実のような気持ちになってくるのだが……。

「でも、もうひとつ謎がありますよね。運転免許証の律子さんの苗字が、三年も前に変わった件。あれは……？」

隆一が疑問を呈したとき、外でエレベーターが開く音がした。

京子がロングヘアを揺らしながら、急いで店に走り込んでくる。

「いらっしゃいませ」

一同が声を揃え、隆一がコートを預かりにいく。

「遅くにごめんなさい。隆くん、柏木さんは？」

「公衆喫煙所に行った。すぐ帰ってくると思う。姉さん、早かったね」

「柏木さんがすごい勢いだったから、タクシー飛ばしてきた」

ベージュのコートの下は、紫のニットに黒いスリムパンツ、黒革のロングブーツ。

吐く息にアルコールの匂いが混じっている。

「いつも隆一がお世話になってます。ちゃんと役に立ってますか？」

「もちろん。採用する前から、京子さんの弟さんだから間違いないだろうって、優也とも言ってたのよ。ねえ？」

室田に振られたが、伊勢は黙ってほほ笑んでいる。

バイトを探していた隆一をこの店に紹介したのは、京子だった。

「いやもー、めっちゃ助かってますよ。隆一、真面目だし物覚えいいし。指名されるお客様も増えてるんですよ」

フォローしてくれたのは、陽介だった。

「ならいいんだけど。ビシバシ鍛えてやってね」

「かしこまりました」と、正輝が左手を胸に掲げる。

伊勢は相変わらず笑みをたたえたまま、ひと言も発しない。

……できれば、伊勢さんにも何か言ってほしかったな。

などと、隆一は子どもじみたことを思ってしまった。

「で、柏木さんに何があったのか、教えてくれる？」

三軒亭の常連である京子は、いつも座るカウンター近くのテーブル席に座り、隆一に問いかける。隆一は店内で柏木から見聞きしたことを、手短に伝えた。

「……なるほど。柏木さん、律子さんの画像と動画で疑っちゃったのか」

室田に注がれた貴腐ワインを飲み、京子が盛大に息を吐く。

「ねえ、律子さんって今、日本にいるんじゃないの？　空気がキレイな長野あたりに。オリオン座、その時間だと南半球では見えないはずだって、伊勢さんが指摘したんだけど」

「……さあ」と、京子が目を泳がせた。

「だとしたら、なんでシドニーにいるって嘘ついたのかな？」

「な、なんでだろうねえ？」

とぼけている。京子は嘘がつけない性格なのだ。

もう少しだけ京子から情報を引き出してみよう、と、隆一はあえて鈍感な振りをして、ナイーブな質問をしてみることにした。

「姉さん、律子さんって独身なんだよね？」

「そうよ」

「じゃあ、なんで苗字が変わったの？」

「それは……」と言ったきり、京子は黙ってしまった。

「律子さんは三年くらい前、二十九歳のときに苗字が変わった。だから、柏木さんは疑っちゃったんだよ。結婚してるんじゃないかって」

京子は目を伏せ、何も語ろうとしない。

「隆一……」と、やや言いにくそうに伊勢が言った。

「苗字が変わる理由は、結婚だけじゃないだろう」

「え？」と隆一が抜けた声を出すと同時に、正輝が「そうか」と言った。

「その逆もある。離婚、ですね？」

伊勢が小さく首を縦に動かす。

「あくまでも、一般的な話だけどな」

「姉さん、律子さんもそうなの？」

「……それは、律子さんが柏木さんに話すことだから」

相変わらず、京子は多くを語ろうとしない。だが、嘘をつけない京子が否定しなかったのだ。こういった場合、大概は事実なのである。弟の隆一にはよく分かる。

おそらく、律子には離婚歴がある。若い頃に一度結婚して苗字が変わり、離婚して旧姓に戻ったのだ。しかし、それを柏木には言えないままでいる。そして、現在は長野にいるにもかかわらず、フライトでシドニーに行ったと嘘をついている。その理由は本当に、おめでた、なのだろうか……？

エレベーターの扉が開く音がし、入り口から柏木が駆け寄ってきた。

「京子さん！　わざわざすみません！」

京子の対面に座った柏木が、「本当のことを教えてください。律子さんは今、どこにいるんですか？」と、早速疑問を投げかける。

少し躊躇《ちゅうちょ》したものの、京子は観念しましたとばかりに真実を述べ始めた。

「長野にいると思います。シドニーには行ってません。しばらくフライトはしないはずですよ。休職してるから」

「休職？　いつから？　僕は何も聞いてない！」

愕然《がくぜん》とする柏木を、京子が真っすぐ見つめた。

「律子さんからは、秘密にしておいてって言われてたんです。でも、柏木さんがご心配のようなので、さっき律子さんに連絡しました。律子さん、柏木さんに電話して、自分から話すそうです。彼女の電話を待っててもらえませんか？」

「どういうことですか？　なぜ僕には秘密に？　僕が電話しても出ないのに。京子さん、何を知ってるんですか？　まさか、本当は彼女、結婚……」

「してるわけないじゃないですか！」

堪え兼ねたように京子が話を遮る。柏木が黙り込んだ。

「話は隆一から聞きました。柏木さん、誤解してます。台湾で一緒に写ってたのは、本当にフライトでサービスをしたお客様ですよ。そんなに彼女が信じられないんですか？」

言い方がキツく感じるかもしれないが、京子は直球しか投げられない性格なのだ。

酔っているときは特に。

「確かに律子さんは、柏木さんに秘密にしてたことがあります。でもね、その理由、わたしには分かる気がするんです。……たとえばの話だけど、わたしに四つ年下の彼氏がいるとしますよね。しかも、結婚というものを身近に感じているタイプではなくて、必要以上に自分に踏み込んでこない男性。わたしもその彼には、距離を置きながら付き合うと思いますよ。すべての事実を打ち明けたら、関係が壊れちゃうかもしれないから」

なるほどな、室田が想像した通りだ、と隆一は納得した。

柏木自身も言っていたではないか。

疑惑を感じたあと、律子には何も尋ねられずにいた。

何かを聞いてしまうことで、二人の関係性が変わるのが怖かったからだ、と。

要するに、似た者同士だった、ってことなのか……。

——沈黙の時間が続く。何か言わないと、と焦った隆一の前で、柏木のスマホが鳴り出した。

「……律子さんだ。ちょっと話してきます！」

柏木は急いで立ち上がり、入り口から外に出ていった。

残された誰もが安堵《あんど》の吐息を吐く。

「姉さん、訊《き》いちゃってもいい？」

おずおずと隆一が話しかける。ここでみんなが推測した内容が、どこまで真実に迫っていたのか、確認しておきたかったからだ。

「律子さん、おめでたいことがあるんじゃないの？　動画に鴻神社のお守りが映ってたみたいだから」

ぐい、とグラスの中身を飲み干してから、「……皆さんを巻き込んだのは柏木さんだし、その原因は嘘をついた律子さんだから、知る権利があるよね」と、京子がやっと真相を明かした。

「実はわたし、鴻神社に付き合ったの。律子さん、お参りしたとき、すごくよろこんでた。柏木さんがどう思っても、たとえ未婚のままでも、この子を大事にするって涙ぐんでたよ。何をしてでも守るからって。……だからわたしも、応援しようと思ってて……」

そう語りながら、京子も目の縁を潤ませた。

一週間後。律子が柏木と共に来店した。

今夜はコンタクトにしたの、と笑った律子は、いつにも増して綺麗《きれい》だった。柏木の表情も晴れ晴れとしている。

二人は、カウンターに並んで座り、肩を寄せ合って楽しそうに食事をしていた。隆一は担当テーブルと厨房《ちゅうぼう》を行き来するあいだ、何度も律子たちに声をかけた。深い話はできずにいたのだが。

正輝と陽介もそうだった。カウンター客担当の室田も、いつも以上に楽し気にサービスをしている。

自分の指名客を送り出したあと、隆一は二人に改めて話しかけた。

「また来てくださって、本当にうれしいです」

「いろいろごめんなさい。私、京子ちゃんから連絡があったとき、長野のホテルにいたの。びっくりしたわよ。柏木くんがここで皆さんに相談してるなんて、思いもしなかったから」

心なしかふっくらしたように感じる律子の左の薬指には、プラチナの婚約指輪が光っている。「誕生日プレゼントなの」と、彼女はうれしそうに指輪を見せてくれた。

「本当にすみません。皆さんのおかげで決心がつきましたよ。これからは律子さんと、ちゃんと向き合おうって」

柏木が照れくさそうに打ち明ける。今夜は前回とは別人のように穏やかだ。口数も少ない。ワインの量が足りないのかもしれない。

「でも、すごいわねえ。私が送った短い動画から真相を見抜いちゃうなんて。まあ、

「私の工作も甘かったんだと思うけど」

食後のカフェイン抜きコーヒーを飲みながら、律子が明るく言う。

伊勢や正輝、室田が推測した内容は、ほぼ正解だったようだ。どうやら律子は、バツイチで柏木よりも年上である自分に、引け目を感じていたらしい。シドニーからだと偽った動画に、ワインのグラスが二つ映っていた理由も判明した。

片方は、その日の夕方に律子がバルコニーに置き忘れた、飲みかけの葡萄《ぶどう》ジュースのグラス。誰かと一緒に食事をしたわけではなかったそうだ。

「いらっしゃいませ。いつもありがとうございます」

自らワゴンを運び入れながら、伊勢が挨拶《あいさつ》に訪れた。ワゴンには極小のストウブ鍋《なべ》が二つ載っている。律子たちは、伊勢にも事情を説明し、「このあいだは失礼しました」と詫《わ》びを述べている。

「〝幽霊の正体見たり枯れ尾花〟。そんな感じだったのかもしれませんね。心が不安や恐怖で占められていると、物事が歪《ゆが》んで見えてしまうことがある。枯れたススキの穂が幽霊に見えたりとかね。そんなときは、美味《おい》しいものにでも意識を向けて、楽しい気分に戻すのが一番だと、わたしは思います」

穏やかに言ったあと、伊勢が片方のストウブ鍋に手を伸ばし、蓋《ふた》を開けた。

ふっくらと膨らんだアーモンド色のスフレが、香ばしい湯気を立てる。

わあ、と律子と柏木が同時に歓声を上げた。

「ご婚約記念のサービスです。こちらは〝アーモンドとストロベリーのスフレ〟。スフレの生地にアーモンドの粉を混ぜ、中にあまおうのソースを入れて焼き上げました。そして……」

もう一方の蓋を開ける。中身は同じくアーモンド色のスフレだ。

「こちらはホワイトチョコのクリームを入れた、〝アーモンドとホワイトチョコレートのスフレ〟。どちらも糖分は控えめにしてあります。お好きな方をどうぞ」

「……チョコ、食べたいな」と律子がつぶやいた。

「でも、今は食べられないんです。カフェインが入ってるから。このあいだここに来たときも、本当はガトーショコラに惹《ひ》かれたんだけど、がまんしたんですよね」

「そうだったんだ。何も知らなくてホントごめん」

柏木が申し訳なさそうに言うと、「いいの。だって隠してたんだから」と律子が微笑する。

すると、「こんな話があるんですよ」と、伊勢がゆったりと語り出した。

「チョコを食べた妊婦さんのお子さんは、食べなかった人のお子さんよりも、よく笑う。フィンランドのヘルシンキ大学が、そんな研究結果を発表したそうです」

「え？」と律子が目を見張った。

「カカオが脳内に作り出すエンドルフィンには、ストレスや不安を和らげる効果がありますからね。適量ならお腹のお子さんもよろこぶのかもしれません。それに、通常のチョコレートと比べると、ホワイトチョコのカフェイン含有量はごく僅《わず》か。このスフレはチョコの量もごく控えめになっています」

「それなら食べます。食べたいです！　柏木くん、私がチョコでもいい？」

「もちろん、律子さんの好きな方でいいよ」

破顔した律子を、柏木がにこやかに見つめる。

おそらく伊勢は、律子でも食べられるように、このホワイトチョコレートのスフレを用意したのだろう。

やっぱりすごい人だ……と、隆一は改めて敬服した。

横から顔を出した陽介が、「チョコレートは、伊勢さんが好きな名探偵ポアロの好物なんですよ。カカオは脳の細胞も活性化させるらしいです」と、これまで何度も客に伝えてきたうんちくを披露し、投げキッスをするように拳《こぶし》を動かした。再度説明すると、これは陽介が尊敬して止まないサッカー選手、ラウルの真似である。

「ちなみに、アーモンドにはビタミンEや葉酸、たんぱく質などが多く含まれています。ご存じかもしれませんが、すべて妊婦さんに必要な栄養素なんです。適度な摂取を推奨する産婦人科医さんもいるんですよね。では、デザートをお楽しみください」

正輝もさりげなく解説してから、足早に去っていった。カウンターの中で、室田が笑顔で頷《うなず》いている。

隆一が、それぞれの前に小型のストウブ鍋を置く。

「冷めないうちに召し上がってくださいね」

「ありがとう。律子さん、ダイエット中だけど食べちゃうよ」

「ダイエットは明日《あした》から。今夜は何も考えないでいただきましょ」

律子がスフレ生地にスプーンを差し込むと、中からホワイトチョコのソースがトロリと流れ出し、ほんわりと湯気を立てた。「わあ、美味しそう！」

絶対美味しいに決まってる！　と内心で叫びながら、「どうぞごゆっくり」と挨拶した伊勢と共にカウンターから離れる。

「これから記念日には、ここで食事をしよう。これから記念日だらけになるからね。結婚記念日、子どもの誕生日、それから……」

「柏木くん、早く食べないとしぼんじゃうわよ」

幸せそうな二人の会話が、耳に心地よく流れ込んでくる。

隆一も、胸の奥に新芽が芽吹いたような気分になっていた。

——そのときまでは。

「ありがとうございました。お気をつけてお帰りください」

エレベーターの扉前で律子と柏木に頭を下げたあと、隆一は足取りも軽く店内に戻った。バルコニー席以外に客はいない。フロアと厨房の掃除を始めてしまうつもりだった。

入り口右手のバルコニー席に目をやると、二席のテーブルが男女八人のグループで占拠されていた。賑《にぎ》やかな笑い声が、ガラス扉から漏れてくる。ペットは連れていないようだ。

室内とはガラス扉で隔たれ、夜景が望めるバルコニー席。貸し切り状態にできるので、グループ客にも人気があった。もちろん、動物が苦手な人に不快な思いをさせないように、掃除は入念に行っている。

開放自由なガラス窓で覆われた、サンルームのようなスペースなので、冬場はヒーターを入れ、ブランケットを渡すようにしている。だが、今夜の客たちは、ブランケットの必要がないくらい、各自が熱気を発しているようだった。担当している陽介が花束を預かっていたので、何かのお祝いなのかもしれない。

窓を背にして座る男性の一人と、隆一の目が合った。

思わず身体が硬直する。

場の中心にいるのが似合う、キラキラとしたオーラを発している青年。

くっきりとした顔立ち、バランスの良い肢体。頭の回転もファッションセンスも良く、彼がいる場所だけ照明が当たっているような、だからこそ近寄りがたかった……隆一のよく知る人物だ。

——なんで、ここに？

「おお、隆一じゃん。久しぶり！」

彼は即座に立ち上がり、自らガラス扉を開いて呼びかけてきた。

「こんなとこで働いてたんだ。ギャルソンの衣装、すっげー似合ってる。俺、隆一だって全然気づかなかった」

相変わらず早口で、地声が大きい。そして、空気はあまり読まない人だ。

「お久しぶりです、南《みなみ》さん」

「おお。隆一、相変わらず中学生みたいな顔してんなー。地味系だけど」

やや不躾《ぶしつけ》な物言いをするが、どこか憎めないその男は、二十五歳の新進若手俳優・相良《さがら》南。隆一がセミプロの役者だった頃、一度だけ舞台で共演した相手だ。実家が大手不動産会社を経営している、典型的なお坊ちゃま。中堅の芸能事務所に所属している。

「一年ぶりくらいか？　懐かしいなあ。ちょっとこっち来てよ」

手を引かれ、バルコニー席の中に入る。左のコーナーテーブルで、担当の陽介がデコレーションケーキをカットしている。生クリームの上にイチゴ、ラズベリー、ブルーベリーなど、色鮮やかなベリー系の果物をぎっしりと敷き詰めた、スクエア形のケーキ。お祝い事の際に出すデザートだ。

その横には銀色のシャンパンクーラーがあり、氷水の中で〝モエ・エ・シャンドン〟のボトルが冷やされている。

映画のワンシーンのようなセレブ感の中で、南はご機嫌に酔っているようだった。

「紹介する！　神坂隆一。俺の三つ下の役者仲間」

「そうなんだ！」

「はじめまして」

「どんな芝居に出てるの？」

「どっか事務所入ってる？」

仲間たちから質問が飛んでくる。八人中の五人が女性。全員がモデルかタレント風。南以外の男性二人も派手やかなファッションで場慣れしている。全員が芸能関係者なのかもしれない。

「いえ、役者はもう辞めたんです」

きっぱり、とまではいかなかったが、堂々と宣言した。

「……隆一、それマジ？」

「はい。ギャルソンになろうと思って」

しばしの沈黙。

場に満ちていた熱気が、急速に冷めていった気がした。

「なんだ、そうだったのか！」と、南が声を張り上げた。

「それ、大正解。チャンスを自分で作れないヤツは、早く諦《あきら》めたほうがいいんだよ。俺もライバルが減ってありがたいし。なんてなー」

おどけた調子で言い、周囲で笑いが沸く。

隆一は、微《かす》かな痛みを感じた。ハートに小さな棘《とげ》が刺さったような痛み。すぐに消え去るはずだと、自分に言い聞かせる。

「なあ、よかったら一緒に飲もうよ。もうすぐ舞台のツアーが始まるんだけどさ、なんと俺、準主役なんだよね」

背後から「よ、南！」「おめでとう！」「次は主役だね」と、仲間たちがはやし立てる。

「それはおめでとうございます。なんの公演なんですか？」

「歴史エンタメ・シリーズ。今回は主役が伊達政宗《だてまさむね》。俺は片倉小十郎《かたくらこじゅうろう》の役」と南が言い、背筋をスッと伸ばしてから、「『政宗、俺がオマエの目になってやる！』……みたいな」と、芝居風に声を張った。

「すごい、大抜擢《ばってき》じゃないですか！」

「まあ、足掛かりとしては悪くないかもな」

歴史エンタメ・シリーズは、戦国武将の実話をベースに歌やダンスも取り入れた、新感覚のネオ時代劇。若手俳優の登竜門的な舞台公演で、隆一は何度かオーディションを受けたが、残念ながら合格はできなかった。もう過ぎたことだが、今なお苦い思いが残っている。

「今夜は舞台成功の前祝いで、遊び仲間が集まってくれたんだ。この店は初めて来たんだけど、悪くはないな」

「やだ南くん、ここ、なかなか予約取れないんだよ。もっと感動してよ。ねえ、陽介くん？」

南の隣に座る栗色の髪の女性が、傍らに控えていた陽介に声をかける。顎《あご》が細くて目が大きい、猫のような顔立ちの女性だ。

「香澄《かすみ》さん、いつもありがとうございます！」

元気よく応答し、にっこりとほほ笑む陽介。アイドルの一員と言われても信じてしまいそうなくらい、華やかな雰囲気を持つ陽介だが、この集団の中ではそう目立たない。むしろ、あえて存在感を消しているように感じる。

当然だよな。主役はお客様なのだから。

などと思考していると、「なあ、隆一も一緒に飲もうよ」と南が再度提案し、「キミ、グラスもう一個持ってきてよ」と陽介に指示をする。

「僕、まだ仕事中なんで、お気持ちだけいただきます。舞台、頑張ってくださいね」会釈をして立ち去ろうとしたら、「おいおい、こっちは客だよ？　ここ、なんでもリクエストに応《こた》える店なんじゃないの？」と南が絡んできた。

上昇しかけていた室温が、再び冷えていく。

ああ、酔うとしつこくなる人だったな、と隆一は思い返していた。

「もー、やめなよ南くん。あたしがセッティングした店なんだよ」

香澄という女性がやんわりと止めに入る。「お仕事中なのにごめんなさい」

「いえ、こちらこそ、南さんのご厚意なのにすみません」

お辞儀をして後ろを向き、ガラス扉に手をかける。

早くフロアに戻らなきゃ。律子さんたちのカウンターも片さないと……。

今度こそ解放されるのかと思いきや、「待て！」と南が吠《ほ》えた。

いや、ワンコじゃないんだし、と戸惑いながら振り返る。

「だったら、隆一にオーダーする。〝サロン〟を持ってきて。一本。冷えたやつ。ヴィンテージは任せる」

仲間たちがざわつき始めた。「サロンって何だっけ？」と香澄がつぶやき、横の男性が「知らないのかよ」とあきれ顔をする。

「出来のいい葡萄《ぶどう》が穫《と》れた年にしか作らないシャンパン。シャンパーニュ地方のメニル・シュル・オジェ村にメゾンがある。そのメゾンが生まれてから、およそ百年間のあいだに三十七ヴィンテージしか作られていない、希少価値の高いシャンパンだよ。店で飲んだりしたら、どのヴィンテージでもボトル一本で軽く十万は超える」

「へぇえー、香澄も飲んでみたい」

そんな高級なシャンパン、この店のセラーには置いてないはずだ。それを見越して、わざと言い出したのか？　どう対応すればこの人は、大人しくなってくれるんだろう……。

隆一が迷っていると、「ソムリエをお呼びしますので、少々お待ちください」と陽介の声がした。隆一に眉《まゆ》を上げてアイコンタクトをしてくる。意味はおそらく、（めんどくさい先輩だね）だ。

「いや、俺はキミじゃなくて隆一に注文したんだけど」

ギロリと南が陽介を睨《にら》む。やめとけよー、と男性の仲間も止めに入るが、南は「隆一、早く持って来いよ」と言い張っている。

こんな子どもっぽい人だったかなあ？

疑問が湧いたが口には出せない。もう室田に助太刀してもらうしかない。

隆一がガラス扉を開けた途端、「やっぱいいや」と南が言い出した。

「あんな高級品、グランメゾン・クラスの店じゃないと無理だろ。この程度のビストロに置いてあるわけがないから。なあ、隆一？」

店を〝この程度〟呼ばわりされたことにムカッとしたが、やはり嫌がらせかと思い、

「ソムリエに確認しませんと、分かり兼ねます」と答えておく。

すると南は、「分かり兼ねます、だと？」と言葉尻《じり》を捉《とら》え、隆一の目をしかと見て言い放った。

「ギャルソンならちゃんと把握しとけよ！　お前、どこに行っても三流だな」

頭の中のどこかで、プチッという音がした。

失礼します、とだけかろうじて述べてから、急ぎ足でその場を離れる。

どこに行っても三流。

どこに行っても三流。

どこに行っても――。

壊れたＣＤのごとく、同じワードが耳元でループする。

フロアの片づけをしていた正輝とカウンターの中にいた室田が、心配そうな視線を隆一に向けている。南の声が聞こえていたのだろう。

「僕、厨房《ちゅうぼう》で洗い物しててもいいですか？」と室田に尋ねる。フロアにいると、また南が何か言ってくるかもしれない。

「ああ、お願いね」

そのまま厨房に進み、覗《のぞ》き窓のついたスイングドアを開く。磨き込まれた鍋《なべ》やフライパンが並ぶ厨房のセンターテーブルで、伊勢が明日《あした》の仕込みをしていた。姿勢を正し、両の長い指でナイフと食材を操っている。クツクツと音をたてる寸胴鍋《ずんどうなべ》から、コンソメの香りが漂っている。

隆一は袖《そで》をまくって作業用のエプロンをかけ、シンクに直行した。水洗いだけしてあった食器類の中から、メインで使う皿を一枚手に取る。食器の大半は〝リチャード・ジノリ〟のボーンチャイナ。カトラリーは〝クリストフル〟。どれも伊勢が大事に使っているものだ。泡立てたスポンジで、丁寧に洗っていく。案の定、のぼっていた頭が沸騰したときは、意外と洗い物や掃除に没頭するといいのだ。

「なんかあったのか？」

背後から伊勢の声がした。

「なんで分かるんですか？」

食器類から目を逸《そ》らさずに答える。

「洗い方が丁寧すぎるから」

シンクで動かしていた手が、一瞬だけ止まった。

再び動かしながらつぶやく。

「僕って単純なんでしょうね。感情が駄々洩《も》れってゆーか」

「単純は、素直とも置き換えられる。俺はこじらせてるヤツより、素直なヤツと仕事がしたい」

不覚にも目の前がぼやけそうになり、ますます両手に力を入れる。

伊勢は南の話を聞いていたわけではないだろう。だけど、こわばっていた隆一の心に、染み入るような言葉だった。

気持ちが落ち着くと同時に、ふと思う。

酔うと絡みだす南も、何かでこじらせてしまったのだろうか……？

舞台で一緒だった頃の彼も、絡み酒で有名だった。演出家と口喧嘩《くちげんか》になり、店から追い出されたこともある。ただ、後輩をいびるような人ではなかったはずだ。むしろ、目上の人に自分たちが言いたいことも代弁してくれるので、ちょっと近寄りがたいけど、頼もしい先輩だったと認識していたのだが。

——お前、どこに行っても三流だな。

脳内で南の声が再生されてしまった。またもや、体内の血液が頭の頂上を目指そうとする。

なんで、あんな暴言に耐えなきゃいけないんだ。酔った客のご機嫌を取る仕事なんて、辛《つら》すぎるよ……。

後ろから伊勢の視線を感じたが、隆一はひたすら洗い物に没頭し続けた。


「隆一、香澄さんたちがお帰りだぞ」

洗った皿を布で磨いていたら、正輝がスィングドアから顔を出した。

行きたくない、と思ったが、それは逃げているようで悔しい。

エプロンを脱いで袖を元に戻し、入り口へと向かう。南を中心に、八人が入り口扉から出ていくところだった。

「ありがとうございました」

隆一の登場に、賑《にぎ》やかだった一行がピタリと会話を止めた。

「なんだ、いたのか。尻尾《しっぽ》まいてどっかに逃げたのかと思った」

南が意地の悪そうな笑みを見せる。

「もういいじゃん。今夜の南くん、なんかヘンだよ。分かった、南くんってば、隆一くんのこと好きなんでしょ」

香澄が明るい口調で空気を変えようとする。

「いや、負け犬は好きじゃない」

きつい口調で南が言った。

今度は負け犬呼ばわりかよ……。

何か言い返したいけど、相手は酔っ払い客。黙って耐えるしかない。

隆一は冷静さを保つ努力をした。

ヒュー、と仲間の男性が口笛を鳴らし、「南、いつもながら好戦的だねえ」と面白そうに言った。もう一人の男性が、「いい加減にしておいたほうがいいぞ」とやんわり釘《くぎ》を刺す。

「そうだよ。ホントごめんね。南くん、たくさん飲んじゃったから」

ベージュのファージャケットを羽織った香澄が、南の背を押してエレベーターに向かった。古いエレベーターの扉がゆっくりと開き、一同が中に入っていく。

「ごちそうさまでした。陽介くん、またね」と、香澄が手を振る。

「ありがとうございました。また来てくださいね」

朗らかに挨拶《あいさつ》をした陽介と共に、無言で頭を下げた。

今度こそ、苦痛から解放される……。

と思った瞬間、南が大声を出した。

「隆一、次に来るときは、オマエを指名させてもらうからな」

閉まる扉の隙間から、南が不敵な笑みを浮かべて隆一を見つめていた。

閉じた扉に向かって、陽介が何かを蹴《け》り上げるジェスチャーをした。

「ゴーール！　岩崎選手、完璧《かんぺき》なシュートです」と小声を出し、投げキッスのように振った右こぶしを隆一に掲げる。「……なんてな」

リアクションしたかったが、身体が硬直したままだった。

「気にすんなよ」

陽介が隆一の顔を覗き込んだ。

「いるんだよなー、酔った勢いで攻撃してくるタイプ。ネット上の匿名クレーマーと一緒だよ。世の中によっぽど不満があるんじゃないの？　まあ、気持ちはすっごい分かるけど」

不満？　あの金持ちの息子で、舞台の準主役を演じる若手俳優に？　モデルのような美女や遊び仲間たちと、シャンパンを浴びるように飲む彼に、どんな不満があるというのだ？

黙り込んだ隆一に、陽介が穏やかに告げた。

「やっかいなのかもな。自分が降りたフィールドに、リアルで立ってる昔の仲間と会うのって」

「え？」

「あーゴメン、自分の話なんだけどね。オレさ、サッカーが大好きだったからプロを目指したのに、挫折《ざせつ》してからはしばらく、サッカー中継とか観られなかったんだ。プレイしてる選手が羨《うらや》ましくて」

——羨ましい？

隆一は、羨ましい、という言葉に引っかかりを覚えた。

「平常心で観られるまで、かなり時間がかかった。だけど今は大興奮して観てるよ。推しチームが負けると、頭の中のオレがフーリガン化するくらいにね」

明るく笑う陽介は、高校までサッカーチームのフォワードとして活躍し、地元の選抜に選ばれるほどの腕だったという。プロテストにも何度か挑戦したが、結局どこにも合格できず、プロは諦《あきら》めて就職せざるを得なかったそうだ。

しかも、陽介にはミッドフィルダーのチームメイトがいて、名コンビと呼ばれていたのだが、その仲間だけは海外のプロチームに入団できたらしい。

初めはなんであいつだけがと、逆恨みをする気持ちになり、仕事が続かずに転職を繰り返していた。荒《すさ》んで酒浸りだった頃に伊勢と出逢《であ》い、この店のギャルソンになったのだと、以前に打ち明けてくれた。

「オレはサッカー、隆一は芝居。なんか似てるとこあるかもなって、勝手に思っちゃって。ほら、さっき隆一が南さんに気づいたとき、ちょっと苦手そうな顔をした気がしたからさ」

苦手そうな顔。言われてみれば、そうだったかもしれない。少なくとも、ここで会えたことがうれしい相手ではなかった。

「気に障ったらホントごめん。だけど、時間ほど優れた薬はないなって、今は心底思ってるんだよね」

だから隆一のモヤモヤも時間が解決する……と陽介は伝えたいのだろう。

相変わらずやさしい人だ。

「ですよね。ありがとうございます」

とは答えたものの、胸に引っかかった言葉が、黒い粘りを増していく。

自分も、プロの役者であり続ける南を、羨ましいと思ったのだろうか？

もしかして、まだ役者に未練があるってことなのか？

その夢とは、はっきりと決別したはずなのに……。

再び考え込んでしまった隆一の背を、陽介がポンと叩《たた》く。

「よーし、帰りにラーメンでも食ってくかあ。正輝さんと三人で」

「いいですね」

食欲などなかったのだが、励まそうとしてくれる先輩の気持ちを、無駄にするわけにはいかない。

「隆一の奢《おご》りだから」

「え？　なんで？」

「このあいだの雪の日、遅刻した罰」

「今さら罰なんて、酷《ひど》くないですか？」

ハハ、と笑いながら店に入っていく陽介の背を見ながら、隆一の脳裏にはまた別の疑問がよぎっていた。

このまま自分は、三軒亭にいてもいいのだろうか？

南とはもう会いたくない。彼がまた来たら、きっと嫌な気持ちになる。役者に対する未練を、強く認識してしまうかもしれない。

ならばいっそ、別の店で一からギャルソンの修業をしたほうがいいのではないか。

たとえば、『ラ・ヴェスパ』とか。

いや、そんな恩知らずな行為、そもそも許してもらえるのか……。

情けないとは思いつつも、隆一は思考の迷宮を彷徨《さまよ》い続ける自分自身を、止められずにいたのだった。

2

cassoulet ～カスレ～

Bistro Sangen-tei

三軒亭を辞めて、別の店に就職する……。

隆一が迷いを抱えたまま三月が半ばを過ぎた。

外気はまだまだ冷たい。気象予報士の解説によると、桜の開花はしばらく先になるらしい。

あれから南は来店していないのだが、いつ来るか分からない状況が、隆一のストレスになっていた。

どこに行っても三流だな――。

先日の南の声が、未《いま》だに耳から離れずにいる。

自分なりに悩み考えて、芝居の道から降りたつもりだった。しかし、はたから見れば、中途半端なまま逃げだした〝負け犬〟だったのかもしれない。ギャルソンの仕事だって、一流がどういうものなのかすら分からずにいる。

まさか、他人からのひと言で、こんなにも心が揺らいでしまうとは。

準主役の舞台が忙しくて、南が自分のことなんて忘れてくれていたらいいのに。もしも南が来店した夜に戻れるのなら、バルコニー席を覗《のぞ》いたりしないで、ずっと厨房《ちゅうぼう》にこもっているのに……。

虚《むな》しい空想を繰り返す自分自身を、隆一は持て余し続けていた。

そんな春まだ遠い日々のある晩、隆一は正輝の常連客である女性二人組のテーブルについていた。

隆一の担当客はすでに帰っており、テーブルの片付けも済んでいる。また洗い物でもしようかと思っていたら、客の片割れから呼ばれたので、正輝のサポートをすることになったのだ。

「隆一くんって言うんだ。あたし、赤城《あかぎ》ヒカルです。前から気になってたんだよね。ちょっと可愛いじゃん、とか思って」

豪快に笑うヒカル。原色を重ねた独創的な柄のミニスカートから、赤いミニブーツを履いた長い足が伸びている。ビーズを編み込んだドレッドヘアと濃いメイクで素顔は隠されているが、人柄はとても良さそうだ。

「彼女は、あたしのダンス仲間の大賀《おおが》マユちゃん」

「初めましてー」と会釈をしたマユは、光沢のあるヒョウ柄のトップスにダボっとした黒のパンツ。メイクは薄いが赤毛のショートヘアで、両の耳たぶに小さなピアスがいくつもついている。

二人はプロのダンサーで、年齢はおそらく二十代半ば。ライブのバックダンサーやダンススクールの講師をやっているという。どちらも、ダンサーならではの奇抜なファッションがよく似合う、華やかで都会的な女性である。

「あたしたちね、ずっと正輝くん推しなの。ほら、肉体派だから知的な人に惹《ひ》かれちゃうんだよね」

スパークリングワインを飲み、艶然《えんぜん》とほほ笑むヒカル。大きく開いたニットの胸元に目がいきそうになり、隆一はややドギマギしたが、正輝は平然と「恐れ入ります」と答えて、ワゴンに載った大きなストウブ鍋《なべ》の蓋《ふた》を開く。中には、オレンジがかったブラウン色のスープが入っている。

「うわー、超いい匂い!」と二人が鼻を動かす。

正輝は「こちら、〝スープ・ド・ポワソン〟です」と言って、二つの深皿にレードルでスープをよそっていく。

「魚のアラを使った南フランスの魚介スープ。今回はタラ、アジ、サバ、それにオマールの殻も加えてあります」

説明をしながら、正輝がスープ皿をヒカルとマユの前に置く。

続いて隆一が、チーズとソースが入った二つのミニカップを載せた皿を、テーブルの真ん中に置いた。

チーズは熱ですぐに溶ける〝グリュイエールチーズ〟。ソースは卵黄やオリーブオイル、ニンニクで作った〝ルイユソース〟。チーズにはミニトング、ソースにはミニスプーンが添えられている。カップの周囲には薄くカットしてカリカリに焼いた、メルバトーストが四つ添えてある。

「まずは、そのままスープを味わっていただいて、そのあと、お好みでルイユソースやチーズを入れて変化をお楽しみください。ソースやチーズを載せたトーストを、スープに浮かべるのが定番の食べ方です。トーストにスープがしみ込んで、チーズがとろけたところをお召し上がりください」

正輝が低い美声で伝え、二人は「いただきます」と待ちきれないようにスプーンを手にする。

「……うー、すっごい魚介感。濃縮された旨味《うまみ》が、ブワーって口の中に広がるの。あたし、こういうの大好きなんだよね。ブイヤベースとかオマールのビスクとか」

目を閉じて味わいながら、ヒカルが感嘆する。

「うん。アラだけに、洗練されたオマールのビスクよりは荒々しいけど、その分、食べ応《ごた》えがあるね。私、トースト入れちゃう」

マユはソースを塗ったトーストをスープに浮かべ、その上にチーズを載せた。

「オニオングラタンスープも、こんな感じだよねー。もう、絶対に美味《おい》しいでしょ、これ」

「あ、マユのいい感じ。あたしも載せる」

「チーズ多めがよさそうだよ。じゃあ、いただきまーす」

スプーンでトーストをすくったマユは、「見て。チーズが伸びてる。見た目のインパクトもすごい！」とはしゃぎながら、溶けたチーズをスプーンに絡めて口に入れた。

「……味が変わった！　ニンニクの風味とチーズが相まって、めっちゃパンチが効いてる。私、こっちのほうが好みかも」

「どれどれ……うわ、最高。濃厚。美味しすぎる」

〝スープ・ド・ポワソン〟を堪能《たんのう》する二人。正輝が「では、ごゆっくり」と会釈して席を離れようとしたら、マユが「ちょっと待って」と引き止めた。

「ねえヒカル。あの話、正輝くんたちにも聞いてもらったらどう？　何かアドバイスしてくれるかもよ」

「あ……そうだね。正輝くん、隆一くん、まだいてもらってもいいかな？」

「もちろんです」

即答した正輝の横で、隆一も頷《うなず》いてみせる。

「最近、あたしの家で奇妙なことが起きてて」

ヒカルの声のトーンが、ぐっと低くなった。

「奇妙なこと？」と眉《まゆ》をひそめた正輝に、ヒカルは「誰かに嫌がらせを受けてるみたいなの。警察に届けるほどじゃないけど、正体が分からなくて気味が悪くて……」と打ち明けた。

何やら、穏やかではない話のようだ。

「では、メインが出来上がる前に、お話を伺いに来ましょうか。まずは冷めないうちにスープをお楽しみください」

「そうだね、ありがとう」

正輝に促され、食事を再開するヒカル。マユも「正輝くん、気配り上手だよね」とささやき、スプーンを動かした。

テーブルから離れてから、「隆一、メインを少し遅らせるように伊勢さんに伝えてくれ。お客様の話を伺うからと」と正輝から小声で指示された。

「はい」と答えて厨房に急ぐ。正輝さんさすがだなあ、自分だったらその場で話を聞いちゃったかもしれないのに、と感心しながら。

厨房の伊勢は、ストウブの大鍋《おおなべ》を覗き込んでいる。ヒカルたちのメイン料理だ。彼女たちは今夜、身体も心もほっこりしたいと、〝ストウブ料理づくしのコース〟をリクエストしていた。

正輝からの指示を伝えると、鍋から目を離さずに「タイミングを教えて」とだけ答える伊勢。視線が鋭い。真剣そのものだ。

——ふと、〝一流〟という言葉が浮かんだ。

皿が空になるのを見計らい、正輝と共にヒカルたちのテーブルに向かう。少し離れた席では、陽介が女性三人客を相手に、笑顔全開で給仕をしている。

「美味しかったー」

「ホント。メインも楽しみ」

満足そうに言ったヒカルとマユに、後ろから来た室田がスパークリングワインを注《つ》ぎ足す。ヒカルたちは今夜、大好きな南フランスのスパークリングワインを飲み尽くすのだという。

隆一が空いた皿を下げてテーブルに戻ると、ヒカルが打ち明け話をし始めた。

「最近、誰かの視線を感じるんだ。仕事の帰り道とか、出かけるときのマンションの前とか。でも、振り返っても誰もいないの。あたしさ、プロダンサーを目指して中卒で上京してから、ずっとバイトと稽古《けいこ》に没頭してたのね。やっとダンスで食べられるようになった矢先に、まさかのストーカー？　みたいな感じで」

冗談めかしてはいるが、いかにも不安そうな表情だ。

「ひと月くらい前かな。ツアー明けで久々に帰ったら、玄関前の廊下に段ボール箱が置いてあったの。中を覗《のぞ》いたら、〝桐の小物入れ〟が入ってたのよ。底に『おくりもの』って平仮名で書かれたメモが入ってて……」

「おくりもの？　プレゼントのことですか？」と正輝が尋ねる。

「たぶんね。だけど、嫌がらせかって思うくらい、シミだらけの小物入れで。まあ、骨董品《こっとう》だったのかもしれないけどさ、贈り物にしては奇妙だな、って思ったわけ」

「しかも、贈り主の名前はなかったんでしょ？」とマユが補足する。

「そう。誰の仕業か分かんないの。うち、アパートに毛の生えたようなマンションで、オートロックじゃないし廊下も吹き曝《さら》しだから、置こうと思えば誰でも置けるんだよね……」

「でもね、それを置いたかもしれない容疑者がいるんだよ。三人も」

マユがしきりに話を進めようとする。隆一には、マユの瞳《ひとみ》が好奇心で光っているように見えた。伊勢のようにミステリーが好きなのかもしれない。

「そう。よく『お茶のまへん？』って声をかけてくるアメリカ人の留学生。前は大阪にいたみたいで、関西弁で日本語を覚えちゃったみたいなの。日本文化に興味がありそうだし、桐の小物入れはいかにも好みそうなんだよね」

「今の留学生が容疑者Aね。次はB。ヒカルの隣に住むお婆さん」

「そのお婆さんは二カ月も前に引っ越してきたんだけど、まだ廊下に段ボールの荷物がいくつか置いてあるの。引っ越しの挨拶《あいさつ》に来て、あたしが不在だったから置いてったのかな、なんて思ったりしたんだけどさ、確かめてはいないんだ。前にすれ違ったとき、『えー、サチ』って声をかけられたんだけど、無視しちゃったんだよね。あたしの本名、サチじゃないから、誰かと間違えたのかと思って」

「ヒカルの本名、和子ってゆーの。昭和の和に子どもの子」

「そうそう。で、マユの本名は……」

「あ、秘密。年齢本名非公開」

「ズルい。あたしだって非公開なのに」

「ごめんごめん」

「お二人とも、ダンサー名だったんですね」

「そう。和子って名前、内緒にしといてね。なんか古風な感じがして、あたしに似合わないじゃない？」

「そお？　逆に古風な方がカッコいいかもよ。見た目とのギャップがあってさ」

つい隆一が割り込んだために話が脱線しそうになり、「それで、第三の容疑者は？」と正輝が問いかける。

「それはね」とマユが身を乗り出す。

「目撃者はヒカルじゃなくて私なんだ。私、半月くらい前にヒカルのマンションに寄ったのね。ダンスの衣装を借りるために、一時間くらいお邪魔したかな。そしたらさ、部屋に入る前も出たあとも、マンション前でヒカルの部屋の辺りを眺めてた人がいたの。焼き芋売りの人。焼き芋のトラックの運転席から、じっと見てたんだよ」

「それは男性ですか？」

正輝が確認すると、マユは「帽子被《かぶ》ってマスクしてたから性別不明。だけど怪しいでしょ。その人が容疑者C」と返答した。

「でも、ヒカルは私が見た焼き芋売りのこと、知らないんだよね？」

「焼き芋のトラックは近所で何度か見かけたけど、売り手の人と話したことなんてないからねえ。焼き芋買ったこともないし」

いかにも憂鬱《ゆううつ》そうに、ヒカルが額に手をやる。

「小物入れが置かれていただけなら、そんなに怪しむことはないかもしれません。たとえば、留守中に大雨が降って、それが段ボール越しに浸透してしまい、新品だった小物入れにシミができてしまったとか。桐製品は染みができやすいですからね。うちの実家のタンスも、窓辺にあったもんだから雨染みだらけでしたよ」

正輝が話をまとめようとしたら、「それだけじゃないの！」とヒカルが顔を強張《こわば》らせた。

「一週間の地方出張があって、おととい家に帰ったのね。そしたら、また玄関の前に置物があったのよ。何の変哲もない白い紙袋。中身は〝保存容器に入ったお赤飯〟。ぱさぱさに干からびた不味《まず》そうなやつ。しかも、また平仮名の手書きメモが入っててさ、すっごい不気味なことが書いてあって……」

一拍おいて、彼女は言った。

「『こわいだろうけど、たべて』って……」

怖いだろうけど食べて。

そんな手書きメモが赤飯に添えられていたら、かなり不気味だ。一体何が怖いのか、よく分からないところが恐ろしい。

「もう、マジ怖いよ。文字がそっくりだったから、小物入れと同じ人が置いたんだと思う」とヒカルが訴える。

「小物入れもお赤飯もソッコーで捨てたんだけど、また何か置かれるんじゃないか心配で。一体、誰の仕業なんだろう……」

「正輝くんたちはどう思う？　今のヒカルの話。私はABCの中に犯人がいるような気がするんだけど」

マユが尋ねてくる。

「Aはアメリカの留学生。Bは隣のお婆さん。Cは焼き芋売りか。……すみません。

正直、僕にはさっぱり分からなくて」

隆一が正直に答えたら、正輝はメガネの中央を中指で押さえてから言った。

「まあ、それが贈り物なのか嫌がらせなのか、判断できませんが……。どちらにせよ、ヒカルさんのお知り合いのかたでないと、そんなことはしないような気がしますけどね」

「ってことは、やっぱ留学生か……」

ヒカルが腕を組みながらつぶやくと、「いや、甘いよ正輝くん」と、マユが右の人差し指を立てて訳知り顔をした。

「今はどこで誰に何を思われてもおかしくないんだよ。たとえば、SNSに何かをアップしただけで、リア充死ね、って知らない人に恨まれたりするんだから。ヒカルは人気アーティストのバックダンサーもやってるから、そのファンから妬《ねた》まれたりもするし」

「どなたのバックダンサーをされてるんですか？」

興味本位で訊《き》いてしまった隆一に、マユはとある男性グループの名を告げた。聞けばだれでも顔が浮かぶ、若い層に人気のグループだ。

「マユ、もうやめてくれる？　ますます怖くなってきた。ってゆーか、だったらマユだって同じように妬まれてるよね。一緒にバックやってんだから」

「まあね。だから私、SNSは一切やらない」

「あたしも。アカウントはあるけど鍵付《かぎ》きだし」

「だったら、逆もあり得ますよね？」と正輝がスルリと口を挟む。

「妬んでる人の嫌がらせではなくて、単純にヒカルさんのファンからの贈り物かもしれない」

いやいや、とマユが否定する。

「じゃあ、なんでお赤飯に『怖いだろうけど食べて』なんて気持ち悪いメモつけるの？　脅しとしか思えなくない？」

うーむ、と正輝が首を捻《ひね》る。

誰もが次の言葉を発せずにいると、「もういいよ」とヒカル自らがこの話題に終止符を打った。

「やっぱり、あたしとマユの話だけで謎解きなんてできないと思う。安楽椅子探偵でもいない限り」

探偵か。ポアロ好きの伊勢さんなら分かるのかな？　あとでヒカルさんたちの話を伊勢さんにしてみようか……。

思案する隆一の横で、正輝が「では」と切り出した。

「そろそろメインのご用意をしましょうか。わたしももう少し考えてみますので」

「そうだね。ごめん、あたしの話、聞いてくれてありがとう」

よし。伊勢さんにメインを出してもらおう。

隆一が厨房《ちゅうぼう》に行こうとしたら、マユが明るくつぶやいた。

「お赤飯の話してたから、よけいにお腹空《す》いてきちゃった。私、ヒカルと違ってお赤飯大好きだから」

「え？」と正輝がマユに反応する。隆一もテーブルの二人に視線を戻す。

「ヒカルさん、お赤飯が苦手なんですか？　食材の好き嫌いはないと伺っていますが……」

「うん。小豆《あずき》が苦手なわけじゃないんだけど、お赤飯はダメなんだ。嫌なこと思い出しちゃうから」

嫌なこと？　それってなんだろう？

と思ったが、不躾《ぶしつけ》すぎるので質問できない。

「ヒカル、いつもお赤飯キライって言ってるよねー。あんなに美味《おい》しいのに」

「しょうがないじゃん。マユだってエノキ茸《だけ》嫌いでしょ。美味しいのに」

「そだね」

何気ない二人の言葉に、ふと思った。

奇妙な贈り物の主は、ヒカルが赤飯を嫌いなことを知っている誰かなのか？

だとしたら、やはり嫌がらせのために置いたのかもしれない。たとえば——。

「僕、メインを準備してきますね」

急いでテーブルから離れながら、隆一は心中でつぶやいた。

——ヒカルの前で無邪気そうに話していたマユも、容疑者の一人だ。


「お待たせしました」

大きなストウブ鍋《なべ》と取り分け用の食器を載せたワゴンを、隆一が運び入れた。正輝が鍋の蓋《ふた》を開け、料理名を告げる。

「こちら、〝真鴨と下仁田《しもにた》ネギと三種豆のカスレ〟です」

ヒカルたちの視線は鍋から離れない。

鍋の中で、鴨の骨付き肉と野菜を煮込み、パン粉を載せて焼いた料理が白い湯気を立てている。湯気と共に、タイムなどの香草が効いた煮込み料理の香りが漂う。こんがりとしたパン粉の焦げ色が目を刺激し、給仕する側の隆一も食欲が湧いてきてしまう。

料理を二つの皿に素早くサーブしながら、正輝が解説をする。

「カスレは、フランス南西部の豆を使った煮込み料理です。塩豚と白いんげん豆が定番ですが、今回は岩塩を塗り込んだ鴨肉を焼いて、三種の豆や下仁田ネギと共にブイヨンで煮込み、さらにパン粉をふってオーブンで焼いてあります」

正輝は二つの大きな骨付き肉を食べやすくカットし、その上に他の具材とスープをたっぷりとよそった。相変わらずホカホカと湯気を立てる皿を、隆一がヒカルとマユの前に持っていく。二人は料理皿から視線を逸《そ》らさない。

「ヤバ、涎《よだれ》がでそう」

ヒカルがうれしそうに笑う。奇妙な置物の話で曇っていた表情が、すっかり元に戻っている。隆一はホッとしながら「どうぞ」と皿をテーブルに置いた。

いただきます、と声を合わせ、二人がカトラリーを操り出した。

「……うっわ、鴨の肉が柔らかい。口の中でトロンって溶けちゃう。臭みがぜんぜんなくて塩加減もいい感じ。野菜も超美味しい」

まずはヒカルが感想を述べる。

「下仁田ネギもトロけるー。あと、豆の固さが絶妙。煮崩れ寸前のとこで保ってるっていうか。豆のトロミのついたスープがまたウマい」

マユもお気に召したようだ。

「よかった。安心しました」と正輝がほほ笑む。

「今夜のカスレには小豆が入っているんです。白いんげん豆、ひよこ豆、小豆の三種類。先ほどお赤飯の話をされていたので、お出ししていいのか一瞬迷いました」

「あ、小豆がダメなわけじゃないから。子どもの頃はお赤飯もよく食べてたし。あー、めっちゃ美味しい」

「ねー」

二人の動かす手が止まらなくなってきたので、少し席を離れようかと思ったら、厨房から伊勢が挨拶《あいさつ》にやって来た。黒いコックコート姿で、音もなく静かに歩み寄る。

「いつもありがとうございます」

「伊勢さん！」

ヒカルがピタリと手を止めた。若干、頬が赤らんだ気がする。

「こちらこそ、ありがとうございます。このカスレ、最高に美味しいです。なんか、オシャレな料理なんだけど懐かしい感じもして」

「お口に合いましたか」

「もちろんです！　ね、マユ？」

「うん。私もすっごく好き。やっぱ、寒い時季は煮込み料理ですよね」

マユも声のトーンが上がっている。

すっと目を細め、薄っすらとほほ笑んでから、伊勢は「どうぞごゆっくり」と告げて厨房に戻っていった。その後ろ姿を、ヒカルたちが目で追う。

完敗だ。男として。

妬ましさではなく、うれしさで隆一の胸が一杯になった。

こういった瞬間だけは、ギャルソンとしての未来も、南のことも、どうでもいいような気になってくる。きっと独りになると、また脳内で迷走が始まってしまうのだろうけど。

「伊勢さんの料理って、ホント美味しくて元気になるよね。なんか、モヤモヤが飛んでった気がする」

「それはよかった。あまりお役に立てずにすみません」

頭を下げた正輝に、ヒカルは「いいのいいの」と左手を横に振った。

「話しただけでスッキリしたから。あの置物のことも、もう気にしないようにするよ」

「うん、それがいいと思う」

ヒカルに向かって強く頷《うなず》くマユ。自分も頷きつつ、隆一は考えていた。

マユの仕草をわざとらしく感じてしまったのが、自分の勝手な思い込みだったらいいのに、と。

結局、贈り主の正体は推理できないまま、ヒカルたちを送り出した。

閉店後、二人から聞いた話を伊勢にしてみたが、「それだけの情報じゃ、贈り主について推測のしようがない」と言われてしまった。

正輝は「ヒカルさん、赤飯になんらかのトラウマがあるんだろうな。子どもの頃は食べていたのに嫌いになった、嫌なことを思い出す、って言ってたから」とヒカルの心理分析をしたあと、「余計なお世話だな」と自嘲《じちょう》気味につぶやいた。

隆一も、これ以上詮索《せんさく》してもしょうがないと思い、店内の片付けに専念した。

「お疲れさまでした」

皆と挨拶を交わして三軒茶屋の駅に向かう。伊勢はまだ仕込み中、室田は車で通勤している。下北沢に実家がある陽介も、基本的に自転車通勤。自由《じゆう》が丘《おか》で一人暮らし中の正輝は、誰かと会う約束をしているようだった。

街の地下を走る田園都市線。三軒茶屋駅のホームは、壁のタイルに黄色が混じっている。下り方面の隣駅・駒沢大学《こまざわだいがく》は緑。その先の桜新町《さくらしんまち》はピンク。次の用賀《ようが》は青。駅ごとに壁の色が分かれているので、満員電車で視界が悪くても、どこの駅に着いたのかが色で一目瞭然《いちもくりょうぜん》となる。

そのカラフルな壁を眺めるのが、隆一の楽しみになっていた。用賀の次の二子玉川駅からは、電車が地上に出るため、ホームに壁がなくなってしまうのだが。

もし、二子の先もずっと地下鉄だったら、うちの最寄り駅・梶が谷は何色がいいかな……。

などと、どうでもいいことを考えながら、三軒茶屋駅の下りホームで電車を待っていると、斜め前方に見覚えのあるドレッドヘアの女性がいた。

急いで近寄って声をかける。

「ヒカルさん」

振り向いたヒカルが目を見開き、口元に手をやった。

「わ、びっくりした。お店終わったんだ」

「はい。ヒカルさんもこっち方面なんですね」

「うん。溝《みぞ》の口《くち》。隆一くんは？」

「梶が谷です」

「へえ、隣の駅だったんだ。なんか親近感」

梶が谷は溝の口のひとつ先にある。

「ヒカルさん、今までマユさんとご一緒だったんですか？」

「うん。三軒亭のあと、二人でカラオケに寄ったの。腹ごなし」

「ダンサーさんがカラオケに行くと、やっぱり踊っちゃうんですか？」

「そうだね。リズミカルな曲だと、自然に身体が動いてることが多いかも。ただ、あたしが得意なのは演歌だけど」

「それは意外だなあ」

「……あ、来た」

電車が到着したので、混んだ車内に二人で乗り込む。後ろから入って来た乗客に押しやられ、反対側の扉に押しつけられてしまった。

並んで立つと、ヒカルの頭は隆一よりも少し上にあった。不可抗力なのだが、密着していると強いお姉様に守られているような気分になってくる。

束の間の沈黙を破って、ヒカルが憂鬱《ゆううつ》そうに小声を発した。

「さっきさ、奇妙な置物のことは気にしない、なんて言ったじゃない？」

「はい」

「でもね、それは誰かと一緒にいるから言えるんだよね。独りになるといろいろと嫌なこと考えちゃって……」

「その気持ち、すっごく分かります」

つい、僕もそうなんです！と同意したくなったが、ぐっとこらえる。

「こういうとき、一人暮らしはキツいなって思うよ。また変なものが置いてないか、ビクつきながら部屋まで帰らなきゃいけないから。今まではずっと、自由を満喫してたんだけどね」

「なるほど」

家族と同居中の隆一は、相槌《あいづち》を打つことしかできずにいた。

「さっき、マユが泊まりに行こうかって言ってくれたんだけど、彼氏と一緒に住んでるから悪いなと思って、断っちゃったんだ。あたし、半年くらい前に彼氏と別れてから、男に縁がないんだよね。お茶に誘ってくれる留学生には興味ないし。彼氏とかじゃなくても、ボディーガードみたいな人がいてくれたらいいのになあ……」

視線を遠くにやり、長く息を吐く。店内では豪快でファンキーなイメージだったが、今は幼い子どものように頼りなげに見える。

隆一は、反射的に口を開いていた。

「送りましょうか？」

「え？」と驚いた顔で隆一を見る。

「うち、溝の口からもぜんぜん歩けちゃうので。ご迷惑でなければ、ヒカルさんのお宅までご一緒しますよ」

一瞬の間があって、「迷惑なわけないじゃん！　ありがとう、助かるよ」と、ヒカルは唇を綻《ほころ》ばせた。

溝の口は、渋谷《しぶや》から田園都市線の急行で約十四分の駅。JR南武《なんぶ》線の武蔵《むさし》溝ノ口駅に乗り換えができるため、いつも人でごった返している。周辺は駅ビルや雑居ビルが立ち並び、いわゆる繁華街の様相を呈しているが、しばらく歩くと閑静な住宅街が現れる。

その静かな道を、隆一とヒカルは早足で進んでいた。

「うち、駅からちょっと遠いんだよね。ホントごめん」

しきりに詫《わ》びるヒカルに、「いや、僕の実家もこっち方向なんですよ」と答えておく。実は真逆なのだが、真実を告げるのは野暮というものだ。

向かい風が冷たい。襟元のマフラーを巻き直した。隣を歩くヒカルも、ロングコートの上に羽織ったストールで口元を覆う。

「あれー？　ヒカルさん？」

後ろから男性の声がした。思わず立ち止まって振り返る。

「やっぱヒカルさんやんか。こんなとこで逢《あ》えるなんてうれしいなあ。ご近所さんやけど、最近、見かけんかったから」

関西なまりの流暢《りゅうちょう》な日本語をしゃべっているが、見た目はラッパー風のブラザー。アメリカの西海岸が浮かんでしまう、ダウンジャケットのフードをすっぽりと被《かぶ》った外国人青年だ。

「ああ、ケンちゃん」

「もしかしてヒカルさん、デートだったん？」

「……まあ、そんな感じ？」と言って、ヒカルが隆一に寄り添ってくる。そして、隆一が左手を入れていたダッフルコートのポケットに、すっと自分の右手を滑り込ませた。

うわ、なんだなんだ？　いきなりどうした？

絶句する隆一を一瞥《いちべつ》し、ケンと呼ばれた青年が「なんだ、彼氏いるんか」と残念そうにつぶやく。

「こちら、隆一くん。で、こちらはケンちゃんことケンドリックくん」

「ども。ヒカルさんファンのケンちゃんです。趣味はヒューマンビート」

自己紹介とセットなのか、その場でヒューマンビートボックスを軽く口ずさみ、両手を突き出してラッパー風のポーズを取る。

「かっこいい！」

つい拍手をしてしまう隆一。ヒカルの右手をゆっくりと離しながら。

「おおきに」

ケンが大きな口をニンマリとさせる。人好きのする笑顔だ。

「そうだ！　あたし、ケンちゃんに訊《き》きたいことがあったんだ」

ヒカルがケンと向き合った。

「スリーサイズなら教えられまへん」

どこで覚えたのか、関西弁のボケもなかなかのケンは、ヒカルよりもずっと背が高い。隆一から見ると、ドレッドヘアでファンキーな雰囲気のヒカルと、ラッパーと見《み》紛《まが》うばかりのアメリカ人であるケンは、かなりお似合いの男女である。

「もー、違うって。もしかしてケンちゃん、あたしの部屋の前に、贈り物おいてくれた？」

ズバリと切り出したヒカルに、「贈り物？　なんやそれ」とケンが即答する。

「そんなことする余裕ないよ。むしろ、贈られたいくらいですわ」

トボけているようには思えない。

「ああ、なんでもない。ごめんね、ヘンなこと言って。じゃあ、またね」

ケンへの疑いを晴らしたのか、ヒカルは隆一の腕を取り、目指す方向に身体を向けた。

「ヒカルさん」とケンが呼び止め、「お茶、飲みにいかへん？　オレ、ヒカルさんともっと話してみたくて。もうすぐ帰国しちゃうし」と言った。

「え、帰国しちゃうの？　いつ？」

驚くヒカルに、「来月」と答えて小さく笑う。

「わかった。じゃあ、連絡するよ。お茶しよう」

「絶対やで。ほな、またなー」

手を振るケンに再度別れを告げ、ヒカルが歩き出した。

「……いい感じのかたですね、ケンさん」

さり気なく言ってみる。

「そうなんだけどさ、グイグイ来る人って、なんか引いちゃうんだよね。あ、さっきはごめんね。彼氏みたいに扱って」

「いえ、光栄です」

「ふふ。隆一くんもいい感じ。今度、指名させてもらおうかな」

「ありがとうございます」

ギャルソンに指名料が発生するわけではないので、どのゲストも気軽に指名を変える。隆一と正輝、陽介のあいだにも、客を奪い合う空気感は皆無だ。

「さっきの答え方で、置物の主はケンちゃんじゃないなって思った。これで容疑者のAは消えたかな」

「そうですね。嘘をついているようには見えませんでした」

残るは、ヒカルの隣に住むお婆さんのB。マユが目撃した焼き芋売りのC。そして……。

「あの、マユさんとはお付き合いが長いんですか？」

気になっていたマユについて尋ねてみた。ヒカルの赤飯嫌いを知っているマユは、隆一の中で新たに加わった容疑者Dだ。

「長いよ。マユはあたしの恩人。付き合いは十五年以上」

真っすぐに前を向きながら、ヒカルが語り始めた。

「渋谷のダンスイベントで知り合ったの。まだ中学生の頃に。あたしは地方の田舎に住んでたから、東京に知り合いなんていなくて。でも、とにかくダンスが好きでさ。マユもダンサーに憧《あこが》れてた子で、歳も近かったからすぐ仲良くなった。で、二人でダンスユニットを組んで、イベントとか大会に出るようになったんだ。マユは葛飾《かつしか》区に実家があって、あたしをよく家に泊めてくれた。上京した頃も、めっちゃ世話を焼いてくれて……。今のあたしがあるのは、マユのお陰なんだよね」

そんなに近しい関係だったのか。それならマユを容疑者から外しても……いや、近親憎悪って言葉もあるくらいだから、ヒカル側の話だけでは判断できない。

……まてよ。そもそも、自分が知らない容疑者だってほかにいるかもしれない。やっぱり誰が置物をしたのかなんて、分かるわけがないよな……。

隆一が結論を出したところで、「ここ、あたしんち」とヒカルが言った。

二階建ての小さなマンション。エントランスはなく、マンションというよりもコーポと呼ぶほうが近そうだが、薄紫色のタイル張りで角部屋には出窓もついており、女性が好みそうな外観だった。周囲はごく平凡な住宅街。マンション向かい側の電信柱の下に、ゴミの集積所がある。

「うちは二階の角部屋。一番手前」

出窓のある部屋だ。

「申し訳ないんだけど、隆一くんも玄関先まで来てくれる？　なんも置いてないといいんだけど……」

恐縮しながら申し出たヒカルに、「先に見てきます」と言って階段を駆けあがった。

角部屋前の廊下をチェックしたが、異常はない。ホッと胸を撫《な》でおろす。

ついでに、容疑者Bであるお婆さんが住むという、隣の部屋のほうまで行ってみた。

今なお、扉の横に段ボール箱がいくつか積まれている。引っ越しの荷物だろう。段ボールについていた宛先《あてさき》シールに〝沖縄〟の文字があったのを、隆一は記憶に留《とど》めた。

急いで階段をおり、ヒカルに「異常なしです」と告げる。

「よかったー。ぐっすり眠れそう」

ヒカルも安堵《あんど》の表情を浮かべる。

「わざわざここまで来てくれて、本当にありがとう。お茶でも出したいところなんだけど……」

「いいですよ。何かあったら連絡してください。僕の家、ここから徒歩圏内なんで」

早足なら二十分ほどで着くだろう。

「じゃあ、隆一くんの連絡先教えてもらっていい？」

「ああ、そうですね」

ヒカルと携帯番号を教え合ってから、隆一はその場から立ち去った。

急ぎ足で来た道を戻っていると、思いがけないものとすれ違った。

移動販売中の焼き芋売りだ。小型トラックに焼き芋の屋台を載せ、ゆっくりと走っている。どんな人が運転席にいたのか、見逃してしまった。

……まさか、容疑者Cなのか？

隆一は迷うことなく焼き芋のトラックを追った。もし運転手に怪しまれたら、停まったところで焼き芋を買えばいい、と思いながら。

「──それでそれで？　どうだったの？」

およそ一時間後。隆一は姉の京子と自室でヒカルの話をしていた。

京子はパジャマの上に厚手のニットカーディガンを羽織り、隆一のベッドに腰かけている。

「そのトラック、ヒカルさんちの前で停まったんだ」

「やっぱり容疑者Cだったんだ！」

興奮しながら京子が缶ビールを飲む。デスクの椅子に座った隆一も、京子が持ち込んだ缶ビールをひと口飲んでから、「かもしれない」と返答した。

「運転席にいたのは、キャップを被《かぶ》ってマスクをした、かなり年配のお爺《じい》さんだった。窓を開けてマンションの二階を見上げてた。ヒカルさんの部屋だと思う。焼き芋は売り切れてたみたいだったから、営業で停まったんじゃない。明らかに、個人的な目的でそこにトラックを停めたんだ」

「もう確定したようなもんじゃない。奇妙な置物の主も、そのお爺さんだね」

ノーメイクで髪をトップでまとめた京子は、いつも以上に若く見える。ちなみに彼女は、つい先日二十九歳になった。

「……あれ？　なんか違和感。隆くん、今の話ホント？」

「気づいちゃった？」

「だって、その焼き芋売りさん、キャップしてマスクしてたんでしょ。なんでお爺さんだって分かったわけ？」

「実はさ、声を聞いたんだ」

「声？」

「そう。トラックに近寄ったら、窓から顔を出した彼が独り言を言ったんだ。それがかすれたお爺さんの声だったわけ。目元もシワシワだったし」

「なによ、なんて言ったの？　もったいぶらないで教えてよ」

先をせがむ京子の目を見ながら、隆一は告げた。

「はつこい」

「え？　初恋？」

「うん、僕にはそう聞こえた」

「なにそれ、もしかして〝老いらくの恋〟ってやつ？」

「さあ、そこまでは分かんないけど」

確かに聞こえたのだ。お爺さんが窓の外に白い息を吐き出しながら、「はつこい」とつぶやいた声を。

「それで、隆くんはそのお爺さんに話しかけたわけ？」

「そうしようかと思ったんだけどさ。僕が見てることに気づいたみたいで、いきなり走り去っちゃったんだよね。車のナンバーはメモっといたけど」

「じゃあ、いざとなったら容疑者Cの居場所も突き止められるわけね」

「うん」

「お手柄じゃない。その話、ヒカルさんにもしてあげれば？　少しは安心するんじゃない？」

「そうだね。もう遅いから明日《あした》にでも連絡するよ」

隆一は残っていたビールを飲み干し、空き缶を握りつぶしてゴミ箱に投げ入れた。

「それにしても、ケンちゃんって面白そうな人だよね。関西弁でボケまでかますなんて、タレント性がすごいよ。どこで覚えたんだろ、方言」

「前に大阪にいたみたいで……あっ！」

京子の言葉でふいに閃《ひらめ》いた。

「なに？　なんか思い出した？」

質問を無視して机の引き出しを開ける。文房具や名刺が入った中から、奥で埃《ほこり》をかぶっていた一枚のCDを探し出した。

「……あった」

「ナニそれ？　なんか分かったの？」

またまたスルーしてクローゼットに向かう。観音開きの扉を開け、もう使うことなどないと思っていた古いCDプレイヤーを引っ張り出す。

「隆くん、無視しないでくれる？」

プレイヤーの電源プラグを壁下にあるコンセントに繋《つな》ぎながら、「ごめん、調べたいことがあって」とかろうじて答える。プレイヤーの電源を入れ、引き出しの中で眠っていたCDをセットする。

「それって、出てけって意味だよね。行くよ。何か分かったら教えてよね」

「うん。お休み」

「あ、そーだ。お父さんが心配してたよ。ちゃんと就職しないのかって。余計なお世話かもしんないけど、一応伝えとくから」

「分かったよ」

父が心配するのも理解できるし、自分だってそこが悩みどころなのだが、今はそれどころではない。

京子が部屋を出ていってから、隆一はCDプレイヤーの操作ボタンを、夢中でいじったのだった。

翌日。閉店後の店内で、隆一は伊勢と正輝に昨夜の出来事を報告していた。

電車に乗り合わせたヒカルを送り、途中で奇妙な置物の容疑者Aであるアメリカ人留学生、ケンと会ったこと。その後、容疑者Bである隣のお婆さんの引っ越し荷物を見たこと。容疑者Cだと思われる焼き芋売りも見かけたこと。ヒカルから聞いた、マユとの長い付き合いも。

自分が何を見て、何を聞いたのか、すべてを詳細に話し終えたあと、隆一はおもむろに告げた。

「僕、分かった気がするんです。小物入れとお赤飯を置いたのが、誰なのかって」

伊勢と正輝が静かに耳を傾けている。遠くで陽介と室田もこちらを窺《うかが》っている。

「キーとなったのが、方言でした」

引き金は京子の発した言葉、「どこで覚えたんだろ、方言」だった。そこから隆一の推理が始まったのだ。〝今回の主な容疑者たちは、どこかの土地の方言でしゃべっていたのではないか〟と。

「実は僕、戦時中の沖縄が舞台となる演目のオーディションを受けたことがあったんです。全編に沖縄の言葉が登場するストーリー。そのとき、方言指導のCDをもらってたんですよ。結局、オーディションには落ちちゃったから、そんなCDを持っていることすら忘れちゃってたんですけど……」

「方言指導って？」と正輝が質問する。

「方言のセリフがある場合、リアルに話せるかたにしゃべっていただいて、それを聞き込んでイントネーションを覚えるんですね。僕がもらったCDには、沖縄語でしゃべる登場人物のセリフが一覧で入ってました。その中に、主人公の母親のセリフもあって、こんな言葉があったんです。『えーさちさ』。意味は、〝挨拶《あいさつ》しよう〟。『えーさち』は沖縄語で〝挨拶〟を意味するんです」

「……そういえばヒカルさん、隣の人から『えー、サチ』って話しかけられたって言ってたな」

正輝が素早く腕を組む。

「ええ。隣のお婆さんは、引っ越しの荷物にも〝沖縄〟とあったので、沖縄のかただと思うんです。お婆さんは挨拶をしようとしてヒカルさんに声をかけた。たとえば、『ご挨拶いいですか？』みたいな感じで。ただ、それが沖縄言葉だったから、ヒカルさんにはワケが分からなかった。自分はサチなんて名前じゃないと、スルーしてしまったんじゃないでしょうか」

「なるほど。あり得なくはないな」

伊勢が好意的に受け止めてくれたので、自分の仮説に自信が湧いた。

「それで、もしかしたら、焼き芋売りのお爺さんも方言をしゃべっていたのかもしれない、って思ったんですね。そしたら、合致する言葉があったんです」

いつの間にか陽介と室田も、すぐそばで隆一の話に聞き入っている。

「お爺さんがトラックの中でつぶやいた『はつこい』。北信越地方で使う言葉に、『はっこい』という言葉があるんです。意味は『冷たい』。あのときお爺さんは、窓から白い息を吐き出しながらつぶやいてました。空気が冷たかったから、そう言ったんですよ、きっと」

京子は『初恋』と解釈したが、そうではなかったのだ。

「だとしたら、お赤飯と一緒に入っていた手書きのメモ『こわいだろうけど、たべて』にも、別の意味があるんじゃないか。そう思ってさらに調べてみたら、『こわい』には『固い』という意味もあったんです」

「そうか。『こわい』は〝おこわ〟の語源になった言葉だって、何かで読んだ記憶がある。いわゆる昔言葉だよな」

そうなんです、と正輝に返答し、さらに仮説を述べる。

「北信越地方でも使われていた昔言葉です。もしそうなら、『固いだろうけど、食べて』という意味になる。ってことは、お赤飯を置いた人と、焼き芋売りのお爺さんは同一人物。北信越地方のかたなんじゃないか。そう思ったんですよ」

話し終えた隆一は、しきりに頷《うなず》いているみんなの表情から、今の話に納得してくれたのだなと安堵《あんど》した。

「桐の小物入れ、といえば……」

ふと思いついたように正輝が発言した。

「北信越地方の新潟が連想されるよな。たしか、桐簞笥《だんす》の生産率が日本の七十パーセントを占めるはずだ。桐簞笥はうちの祖母が好きでな。もうシミだらけだけど」

その言葉で思い出した。もうひとつ報告したいことがある。

「シミについて、正輝さんが言ったじゃないですか。雨が降って廊下の小物入れに水が浸《し》みたんじゃないか、って。それも調べました。確かに雨が降ったんですよ。ヒカルさんが家を空けていたあいだに。ほら、彼女が廊下の小物入れに気づいたのは、ヒカルさんたちが〝ひと月ほど前のツアー明けだ〟って言ってましたよね。それで、バックダンサーをしてるグループのツアー日程と、天気を照らし合わせてみたんです。その中の二日間が大雨でした」

「じゃあ、俺の推測が当たっていたのか？　新品だった桐の小物入れが、雨のせいでシミだらけになってしまった？」

「そんな気がするんです」と正輝に言ってから、隆一は自分の仮説をまとめた。

「北信越地方出身者らしき焼き芋売りのお爺さんが、二つの置物の主。初めは新品の小物入れと一緒に、『おくりもの』のメモを入れた。二度目は固めに作ったお赤飯に、『こわいだろうけど、たべて』、つまり『固いだろうけど、食べて』と書いたメモを添えた。あれは嫌がらせなんかじゃなくて、本当に〝贈り物〟だったんじゃないでしょうか」

なのに、ヒカルには迷惑がられてしまったのかもしれない。本当にそうだとしたら、切ない話である。

「隆一の説が正しかった場合なんだけど」と正輝が語り始めた。

「ヒカルさんは、赤飯にトラウマがあるようだった。子どもの頃は食べていたのに、嫌なことを思い出すから嫌いになったわけだからな。それは、故郷に思い出したくない記憶があるからじゃないか。たとえば、赤飯を作ってくれた親との関係性とか。……ヒカルさんの実家も、北信越地方なんじゃないかな」

そう言う正輝も、開業医の家の長男として生まれたのに、医大を中退したことから勘当状態になっている。とても繊細で、家族との確執を抱えたままでいる正輝だからこそ、ヒカルのトラウマが気になるのだろう。

「だったら、焼き芋売りのお爺さんは、ヒカルさんの実家と関係がある人なのかな？それこそ、お父さんとか？」

すっかり事情を把握したらしい陽介が、会話に参加してきた。

「たとえばさ、ずっと会ってなかったお父さんが、上京してきたのかもよ。娘がどうしてるのか心配で」

「どうなんだろうな」

伊勢が結んでいた髪をほどきながら言った。長めの黒髪を下ろすと、ぐっと若返って見える。

「お客様の家庭問題には、口を挟まないほうがいい。隆一、ヒカルさんには今の話、伝えたのか？」

「いえ、まだしてません」

「そうか。余計な心配はさせないようにしないとな」

「そうよねえ」と室田が頷く。

「置物をしたのは、ご家族かもしれない。そう伝えてストーカー疑惑が晴れたとしても、別の心配事になるかもしれないわね。ヒカルさんが本当に故郷を思い出したくないのなら」

やんわりと言われて、隆一はハッとした。

もし、自分がヒカルの立場だったら？

思い出したくない過去を、ほじくり返されるような気持ちになるのではないか？

「……自分からは、何も言わないようにします」

「それがいいかもな」

正輝が隆一を真っすぐに見る。

「もし、またヒカルさんと話すことがあったら、彼女の話だけ聞いて差し上げればいい。何も知らない振りをしてな」

そうしよう、と隆一も思っていた。

しかし、そうも言っていられない事態が、この直後に起きてしまった。

隆一のスマホに、ヒカルから着信があったのだ。

『もしもし？　隆一くん？　大変なの！　今、部屋の前から誰かが見てる。しかも、またお赤飯が置いてあったの！　ストーカーだと思う。助けて！』

ヒカルは悲鳴のような声を上げた。

「ちょっと待っててください。すぐに行きます！　着いたら電話します！」

反射的にそう言って通話を終え、「ヒカルさん、また誰かに見られてるって。お赤飯も置いてあったそうです。僕、様子を見に行ってきます」と一同に伝えた。

「じゃあ、俺も行く。もし、隆一の仮説が正しいなら、ややこしいことになりそうだから」

正輝が助太刀を買って出た。

「二人に任せる。気をつけて」

力強い伊勢の声に送り出され、隆一と正輝は急いで私服に着替えて、ヒカルの家に向かった。

「もうすぐ着きます」

溝の口駅から駆け足で来た隆一は、息も切れ切れに正輝に伝えた。

「よし、誰かいるかもしれない。静かに近寄ろう」

正輝も呼吸が乱れている。二人で速度を落とし、ヒカルのマンションを目指す。

灯《あか》りのついた家は少ない。住宅街だけに静まり返っている。

「あのマンションです。二階の出窓がある部屋。灯りが消えてますね」

小声で伝えると、「ちょっと待て」と正輝が隆一の腕を摑《つか》み、足を止めた。

「……誰かいるな」

ヒカルのマンションの前にある、電信柱を指差す。

黒い人影が見えた。電柱の裏に潜んでいるようだ。

「焼き芋売りの人か？」

「……暗くてよく見えません」

「トラックは見当たらないな」

「はい。来るときも注意してましたけど、見かけませんでした」

「じゃあ、このまさり気なく前を通り過ぎてみるか」

「でも、そのあとどうします？　ヒカルさんのご家族かもしれませんよね？」

「……とりあえず、どんな人なのか確認しよう。自然に会話してる振りをするぞ」

ひそひそ話を終えてから、正輝が「さ、最近、なにか面白い映画、観ましたか？」

と、緊張気味に話しかけてきた。まったく自然な口調ではない。

「それが、しばらく映画館には行ってないんです。ほら、二子玉川にシネコンがあるじゃないですか。僕が映画を観るのは大抵そこなんですけどね。近くのベーグル専門店が美味《おい》しくて、いつも食べてから行くんです。観終わったあとは、髙島屋《たかしまや》の裏手に遅くまでやってるバーがあって、そこで一杯飲むのが楽しみで。マスターが大の映画好きで、漫画なんかも置いてあるから居心地がいいんですよ……」

正輝の演技力には頼れないので、隆一が率先して語ることにした。一応、元セミプロの役者だけに、即興でしゃべるのは慣れている。

どんどん電柱に近づいていく。人影はピクリとも動かない。

「……あれ？」と、隆一が話を中断させた。「もしかして、ゴミ？」

走り寄ってみると、人だと思われたものは、女性の等身大パネルだった。

グラビア出身の女性タレントが、どこかの会社の制服を着てニッコリ笑っている。

大手保険会社が宣伝用に作ったものだ。電柱の下にゴミの集積所があるので、誰かが粗大ゴミとして置いていったのかもしれない。

「なんだ、これをストーカーと間違えたのか」

正輝の声には安堵《あんど》感が滲《にじ》んでいる。

「電話してみます」

隆一がヒカルの番号にかけると、『ストーカー、まだいるでしょっ？』と声が聞こえた。

「いや、人じゃないですよ。等身大パネル。たぶん粗大ゴミです」

『えーっ？　ちょっと待ってて！』

通話が切れ、マンションの二階からヒカルが飛び出してきた。ミニジャケットにジーンズだが、ダンサーだけにスタイルが良く、モデル張りにカッコいい。

階段を駆けおりて来たヒカルは、パネルを見て長いため息をついた。

「帰って来たときはなかったんだ。換気で出窓を開けようとして気づいたの。あたしのカン違いだったんだね。ごめんなさい。わざわざ来てくれたのに。正輝くんまで。本当にごめんなさい」

何度も謝るヒカルに、「でも、またお赤飯が置いてあったんですよね？」と正輝が尋ねる。

「そうなの。だから気味が悪くて、ストーカーだって錯覚しちゃったんだと思う」

「メモは？　手書きのメモは入ってました？」

「ちゃんと見てない。前と同じ白い紙袋に容器が入ってたから、またお赤飯だと思って中は見てないの。でも、同じヤツが置いたんだと思う。もう耐えらんない。今度は捨てないで、警察に届けようと思ってる」

いかにも不快そうに正輝に訴える。

まずいな……と隆一は思った。自分の仮説通り、置物の主がヒカルの故郷と関係のある人物だった場合、警察沙汰《ざた》にするのは避けたほうがいいに決まっている。

正輝が横目で隆一を見る。思案気な顔。どうするべきか迷っているのだろう。

「そうだ、警察って二十四時間だよね。今すぐ行ってくる。二人とも、本当にありがとう。助かったよ」

ヒカルが家に戻ろうとしたので、「ヒカルさん！」と隆一が呼びとめた。

「ん？」

「えっと、走ってきたから喉《のど》が渇いちゃって。お茶、飲みに行きませんか？　三人で。せっかくなんで、ヒカルさんともっと話したいし」

こうなったら、推測した内容をヒカルに話すしかないと、隆一は決めていた。

「確かに、喉が渇いたな」と正輝も同意する。

「あー、そうだよね。ごめん、気が利かなくて。でも、この辺って飲み屋くらいしか開いてる店ないんだよね……」

飲み屋でもいいです、と言おうとしたら、「じゃあ、うちに寄ってってよ。わざわざ呼んじゃったのあたしだし。コーヒーでも淹《い》れるから」と提案してくれた。

「……いいんですか？」

かえって悪いな、と思いつつ隆一が確認すると、「もちろん。狭いし散らかってるけど」と返事が来たので、正輝と共に寄らせてもらうことにした。

香ばしいコーヒーの香りが、部屋中に充満している。三つのマグカップをトレイに載せて、ヒカルがリビングに入って来た。

リビング、とは言っても、キッチンスペース以外はひと部屋のみ。出窓側の一面をベッドが占拠し、手前に小さな布製の赤いソファーと木製のテーブルが置いてある。

そのソファーに隆一と正輝は座っていた。

「お待たせ。ちょっといい粉買ってあったんだ。お砂糖とクリームは？」

「大丈夫です」と隆一たちの声が重なる。

「じゃあ、ブラックでどうぞ」

ヒカルがテーブルに置いたマグカップの、オレンジを隆一が、ブルーを正輝が取る。

残るピンクのカップを、隆一たちの対面の絨毯《じゅうたん》に座ったヒカルが持ち、ペコリと頭を下げた。

「今夜は本当にごめんなさい。どうぞ飲んでください」

「いただきます」

再び同時に声を発し、コーヒーを飲む。

「うん、うまい」「美味しいです」

「ホント？　よかったー」

冷えていた身体を、焼けるほど熱く香ばしい液体が温める。

一人暮らしの女性の部屋に入り、そわそわと落ち着かなかった隆一だが、ようやくホッとした気分になれた。

実は、部屋の壁中に海外アーティストやダンサーのポスターが貼られ、インテリアやファブリックにどぎつい原色が多いことも、落ち着かない原因でもあった。クローゼットに入り切らないのか、部屋のいたるところにド派手なダンス衣装が吊《つ》るされている。

「あれ、例の紙袋ですか？」

正輝がベッド脇に置いてあった白い紙袋を見る。

「そう。あのまま警察に持っていこうと思って」

ヒカルは両手でマグカップを抱え、ゆっくりとコーヒーを飲む。警察に届ける決心をしたためなのか、かなり気分が落ち着いたようだ。

「その前に、中身を確認しませんか？　万が一、赤飯ではなくほかの何かだった場合、警察に届けても説明がつかなくなる。小物入れと前の赤飯に添えられていたメモは、捨ててしまったんですよね？」

と正輝に言われ、「うん。捨てなきゃよかった。じゃあ、見てもらっていいかな」

とヒカルが頼んできた。

「では、失礼して」

正輝が紙袋の中身を確認し始めた。隆一も横から覗《のぞ》き込む。

半透明の保存容器が入っている。取り出して蓋《ふた》を開けると、やはり赤飯が詰まっていた。置かれてから日がまだ経っていないからなのか、艶々《つやつや》として美味しそうだ。

「メモが入ってるな」

紙袋の底に白いメモ用紙があった。正輝が手に取り、読み上げる。

『またこわいかもしれん。よぐあくあくしな』。……よぐあくあくしな、ってなんだ？」

その瞬間、ヒカルがマグカップをドン、とテーブルに置いた。

目が大きく見開かれている。口は半開きで、よほど何かに驚いたようだった。

「そのメモ……見せて」

かすれ声を出したヒカルに、正輝がメモを渡す。

それを手に取り、じっと見つめるヒカル。やがて、手が小刻みに震えだし、メモが床に落ちた。

「ヒカルさん？」

メモを拾いながら、隆一が声をかける。初めて肉眼で見たメモの文字は、まるで子どもが書いたかのような、拙《つたな》い平仮名の羅列だった。

「……ちゃん」

ヒカルが声を出す。「え？」と隆一が聞き直す。

「じっちゃん」

そう言って彼女は、両の手を握りしめ、今にも泣き出しそうに顔をしかめた。

『よぐあくあくしな』。『あくあく』は『もぐもぐ』とかと同じ意味。『よく噛《か》んで食べな』とでも言えばいいのかな。親が子どもによく言ったりするの」

しんみりとした口調で、ヒカルが説明をする。

「それは、どちらの地方の言葉なんですか？」

正輝の質問に彼女は少し躊躇《ちゅうちょ》したのち、「新潟」と答えた。

「なるほど。ヒカルさん、新潟のご出身だったんですね」

弱々しくヒカルが首を縦に振る。

やはり隆一と正輝の推測通り、彼女も北信越地方の出身者だったのだ。

「新潟だけかどうか分かんないけど、あたしの小さい頃、よくじっちゃん……お祖父《じい》ちゃんがそう言ってた」

新潟のお祖父ちゃん。それは、焼き芋売りの老人と同一人物なのでは……？

「〝こわい〟は〝固い〟の昔言葉。それもご存じだったんですか？」

正輝が問いかける。

「……うん。初めは恐怖の〝怖い〟だと思ってた。じっちゃんのことなんて、すっかり忘れてたし、文字なんてほとんど書かない人だったから。でも、いま分かったよ。『またこわいかもしれん。よぐあくあくしな』。これは、『また固いかもしれん。よく噛んで食べな』って言ってるの。置いたのはじっちゃんかもしれない……」

隆一は正輝に、「僕、話してもいいですかね？」と確認した。「ああ」と返答されたので、ヒカルにそっと話しかけた。

「実は昨日、ヒカルさんを送ったあとに見ちゃったんです。焼き芋売りのお爺《じい》さんがヒカルさんの部屋を見上げて、『はっこい』、新潟弁だと〝冷たい〟って言葉を言いながら、白い息を吐いたところを。マユさんが前に目撃した容疑者Cも、同じ人かもしれません。だとしたら、ヒカルさんのお祖父さんが、焼き芋売りをやってる可能性が高いですよね」

するとヒカルは、押し黙って顔を伏せてしまった。

しばらくそのまま動かずにいたが、ふいに「やめてよ」と小さく言った。

次の言葉を待っても、口を閉ざしている。

「ヒカルさん？」

隆一が呼びかけると、彼女は赤飯の紙袋に視線を定め、苦し気に叫んだ。

「やめてよ！　もう忘れたんだから！　捨ててきたんだから！　もうアタシの前に現れないでよっ！」

ヒカルは、滂沱《ぼうだ》の涙を流していた。

ぐしゃぐしゃの顔で「お願いだから、もう忘れさせてよ……」と声を絞り出し、両の手で顔を覆った。

——やがて、ティッシュペーパーで目元を拭《ふ》いて鼻をかんだヒカルが、張りつけたような笑顔を見せた。

「ごめん、変なとこ見せちゃって」

いいえ、と正輝が言い、隆一は首を左右に振る。

「……いろんなこと、思い出した。今まで忘れたって、思い込んでたこと」

赤飯の紙袋から目を離さずに、ヒカルは静かに述べた。

「なんか、泣いたらスッキリしちゃった。ねえ、あたしの話、聞いてもらってもいい？　ちょっと長くなるけど」

濃かったメイクが落ち、ありのままの素顔を覗かせた彼女に、隆一たちは深く頷《うなず》いた。

あたしね、ＨＩＰＨＯＰに憧《あこが》れてダンスを始めたんだ。

小学校の頃、テレビ番組でＨＩＰＨＯＰダンスを見て、ブラックミュージックを聴いて、自分もあの世界に行きたいって思った。キラッキラでブリンブリンで、生まれも育ちも関係ない、実力勝負の世界。

でも、田舎にいたらそれは無理だって、幼いながらも感じてたんだよね。

うちの両親は、あたしが三歳くらいの頃に離婚して、お互いに別の家庭を持ったの。それで、あたしは母方の祖父母に引き取られたんだ。

じっちゃんとばっちゃんは、新潟の米農家だった。藁《わら》ぶき屋根の大きな家に住んでて、隣には蔵があって、目の前が広い田んぼで。小さい頃は、その田んぼがあたしの遊び場だった。

秋になると、一面が黄色い海のようになる稲穂の田んぼ。そこで虫を採ったり、カエルをいじったり、鳥や野生動物を追いかけたりしてさ。

ダンサーに憧れるようになってからは、CDデッキを田んぼの奥に持ち込んで、大音量で踊ったりもしてた。

じっちゃんたちの仕事も手伝ってたよ。手伝いに来る近所の人と、一緒に草むしりしたり、荷物を運んだり、収穫の手助けをしたりね。子どもの頃は、そんな暮らしが当たり前で、ずっと続くんだと思ってた。

じっちゃんは、料理が好きだったんだ。煮っころがしとか佃煮《つくだに》とか、彩りなんてまるで考えない、茶色だらけの田舎料理だったけど。

……お赤飯もよく作ってくれた。あたしが大好きだったから。

うちの田舎って、甘いアンコをおかずにご飯を食べる風習があってさ。それはなぜか苦手だったんだけど、お赤飯は本当に好きだったんだ。出来立てのホカホカに黒胡麻《くろごま》と塩を振って、漬物とみそ汁と一緒に食べるの。そういえばじっちゃんは、お赤飯のこと〝おこわ〟って呼んでたっけな。

でもね、あたしが中学に上がった頃、ばっちゃんが病気で亡くなって、じっちゃんと二人暮らしになったのね。初めはあたしがじっちゃんを支えなきゃって、思ってたんだよ。だけど、何もない田舎暮らしが、どんどん息苦しくなってきて。

中学の先生に「踊りの才能がある」なんて言われちゃったから、ダンサーになりたい気持ちが強くなってて、本格的にダンスを学びたくもなってたんだ。

あの頃、うちの近所の女の人は、みんな当たり前のように早く結婚してた。家庭に入って家族を守って、家の中だけで人生の大半を過ごすの。

……あたしは、そうはなりたくなかった。

ダンサーになりたい。夢を追いたい。ここには、あたしの居場所がない。

話の合う同級生もいなくて、中学でもどんどん浮いた存在になってってって。

気づいたら、誰とも口を利かなくなってた。めちゃくちゃ孤独だった。

次第に、どこにいても息が詰まって、目の前が暗く見えるようになった。

今なら、あのときの感情をはっきりと表現できる。
——絶望、だったんだって。

それでも楽しみはあった。東京のダンスイベントに参加すること。三か月に一度行ければいいくらいだったけどね。そこで出会ったのが、マユだったんだ。

マユはあたしの新潟なまりのある標準語を、かわいいって言ってくれた。だけど、あたしはどうしてもそれがいやで、完璧《かんぺき》な標準語になれるように努力した。都会育ちだったマユの真似をして。

マユの実家は放任主義で、兄弟もいっぱいいたから自由奔放な感じで。あたしのこともすぐに受け入れてくれた。行くたびに、ここが自分の家だったら、って本気で思ってた。

そんなある日、じっちゃんと高校進学の話になってさ。

あたし、東京の高校に行きたいって、お願いしたの。東京に行ってダンスも学びたいって。それこそ必死で、何度も何度も頭を下げて。でも、許してはくれなかった。言い合いになって掴《つか》み合いにまでなって、いつも穏やかだったじっちゃんが、鬼のような形相で言ったんだ。

んなら出てけ、って。

それっきり、田舎には帰ってない。

しばらくは、マユの家でお世話になってた。マユの両親が本当に親身になってくれて、じっちゃんとも連絡を取ってくれてたみたい。

ああ、だからじっちゃんは、あたしがどこで暮らしてるのか知ってたのかもね。マユの実家には今も遊びに行くから、両親が教えていたのかもしれない。

あたしは、身に沁《し》みついた田舎の空気を、都会でどうにか振り払おうとした。未成年だったけど、お金になるバイトならなんでもやったよ。それこそ、大声では言えないようなバイトもね。

それでダンス教室に通いつめて、精一杯練習して。次第に一人暮らしができるようになって、ダンサーの仕事を手に入れて。

キツイ仕事だよ。気を抜くとライバルに抜かれちゃうし、足の引っ張り合いもあるしさ。体調管理だってスポーツ選手並みにしなきゃいけないし。

でも、夢を叶《かな》えた実感はある。踊ってる瞬間だけは、何もかも忘れられる。

そうやって毎日を全力で生きてたら、あっという間に、上京してから十年以上も経っちゃった。

だから、なのかな。

じっちゃんや故郷の記憶なんて、すっかり消え去ってたよ。

本当に、自分でも不思議なくらい、思い出すことが今までなかった。

もしかしたら、あたしの心が、必死に記憶を消そうとしていたのかもしれない。

じっちゃんが作ってくれた、お赤飯の味と一緒に。


何かに取り憑《つ》かれていたかのように、ヒカルは一気にしゃべり切り、冷めたコーヒーを飲み干した。

次に口を開いたのは、正輝だった。

「ヒカルさんがお赤飯を食べられなくなった理由。それはもしかしたら、お祖父《じい》さんに対する罪悪感かもしれません」

「え……？」とヒカルが正輝を見る。正輝は、「これは、わたしの話なんですけどね」と前置きをしてから、真摯《しんし》な表情で語り始めた。

「うちは実家が開業医で、自分は跡継ぎだったんです。自分も医者になるつもりで医大に進んだんですけど、あっけなく中退しました。お恥ずかしいことに、動物実験に耐えられなかったんです。以来、それまで好きだった肉類が食べられなくなりましてね。ある人にそれを言ったら、荒療治をしてくれたんです。『これは大豆のミートローフだ』と偽り、本当は鶏肉《とりにく》を入れた料理を出してくれた。知らずに美味《おい》しくいただいて、しばらく経ってから、その人に事実を教えられました」

伊勢のことだ。まだ正輝が大学を中退したての頃。このエピソードがきっかけで、正輝は三軒亭のギャルソンになったのだ。

「笑っちゃいますよね。自分は自分が思ってるほど賢いわけではないのだと、思い知らされました。それからは、元のように有難く肉類を食べるようになったんです。勝手に抱えていた罪悪感や、これを食べてはいけないという思い込みが、消え去ったんでしょう」

自分の話に神経を注いでいるヒカルに、正輝は柔らかくほほ笑んだ。

「そんなわたしだから、分かることがあるんです。きっとヒカルさんは、捨てたという罪悪感から、その過去に繋《つな》がるものをすべて記憶から消そうとした。……でも、故郷にあったのは、辛《つら》い思い出だけではないはずですよね。辛かったことよりも楽しかったことのほうが、実は多いものなんですよ。痛みのほうが強く残ってしまうだけで」

「楽しかったこと……」

呆《ほう》けたように、ヒカルがささやいた。

「そう。秋になると黄色く染まる稲穂の海。無邪気に戯れた大自然。きっと、夕焼けや星空が美しい場所だったんでしょうね」

理系なのに文学的な語り口の正輝。両親からシェイクスピアの観劇によく連れていかれたと、以前に話してくれたことがある。低い美声が、まるでナレーターか声優のようで耳にすっと入ってくる。

「それから、懐かしいお祖父さんの素朴な手料理。出来立てのお赤飯。さっき、ご自身が話してくれたじゃないですか」

ヒカルは黙って目を閉じる。

捨てたはずの思い出の破片を、かき集めているのかもしれない。

「わたしには妄想癖がありましてね。いろんな想像をしてしまうんです」

そう言って、正輝は紙袋から赤飯の容器を取り出し、テーブルの上に置いた。その横には、隆一が載せておいた手書きのメモがある。

正輝は、ゆっくりと視線を遠くにやった。

「今も田んぼ仕事をしているお祖父さんは、冬場だけ焼き芋を売りに来ている。そして、物陰からずっと、立派になった孫娘を見守っていた。

老いた自分が声をかけるのが申し訳なくなるほど、華やかに人生を楽しんでいる孫娘。毎日忙しく飛び回っているようだ。東京に行きたいと、あんなにもせがんでいたのに、大事に想うがあまり、反対してしまった。

それきり、彼女とは逢《あ》えなくなっている。今さら合わす顔もない。

お祖父さんは、せめてもの気持ちとして、何度も贈り物を置いておいた。平仮名で書いたメモを添えて」

すこしの間があり、正輝がヒカルを直視する。

「その孫娘に気味悪がられているなんて、気づきもせずに」

ヒカルの視線は、赤飯の容器に注がれていた。

隆一の心のスクリーンに、あるシーンが映し出される。

がらんとした藁《わら》ぶき屋根の家で、メモに文字を書き込む老人の姿。背中を丸めて、ゆっくりと一文字ずつ。

台所の蒸し器の中では、作り立ての赤飯が湯気を立てている。

『またこわいかもしれん。よくあくあくしな』

子どもをあやすような言葉。

たとえいくつになっても、孫は孫のままなのだろうか。

沈黙の時間が過ぎていく。

隆一も何か言いたかったのだが、気の利いた言葉がひとつも浮かんでこない。

「そろそろ、失礼します。もう遅いので」

正輝が立ちあがった。隆一も慌てて立ち上がる。

ヒカルは無言のまま、テーブルの上にあるものに視線を向けている。

一礼をして玄関に行こうとしたら、ヒカルが小さくつぶやいた。

「いとしげなこらのー」

いとしげなこらの？

なんのことやら、まったく意味が分からない。

隆一たちが首を傾げていると、再びヒカルが口を開いた。

「〝可愛い子だなあ〟って意味。今、思い出したの。……じっちゃん、あたしがおこわを食べるとき、よく言ってたんだ。『いとしげなこらのー。よぐあくあくしな』って」

可愛い子だなあ。よく嚙《か》んで食べな――。

「じっちゃん、ニコニコしながら、あたしの頭を撫《な》でてくれた。すっごくうれしそうに。田んぼ仕事で荒れちゃった、大きな手で」

その刹那《せつな》、ヒカルがあどけない少女のような表情をした。

いつもの彼女とは、まるで別人に見える。

きらびやかな都会の香りを脱ぎ、素朴な自然の空気を身にまとったかのように。

「一緒に食べたお赤飯、美味しかったな……」

彼女の閉じた瞳《ひとみ》から、またポトリと涙がこぼれ落ちた。

何も混じりけのない、とても綺麗《きれい》な雫《しずく》だった。


六日後の夜。ヒカルが一人で来店した。

カウンターに座った彼女に、隆一と正輝が挨拶《あいさつ》に行くと、「またカスレが食べたい」とリクエストされた。

そして彼女は、朗らかな口調で後日談を教えてくれた。

おととい の夜、マンションの前に焼き芋売りのトラックが来たそうだ。また来るかもしれないと、出窓の外を見るようにしていたら、やっと現れたのだという。財布を掴《つか》み、スエットにコートを羽織って急いで外に出た。とりあえず、焼き芋を買った。強く焦げ目のついた、丸っこい安納芋だ。

焼き芋売りは、「はい」と「どうも」しか言わなかったという。でも、その声は聞き覚えのあるものだった。帽子とマスクで隠れていたが、シワ深いやさし気な目元も、昔とあまり変わらない。

何を言おうか迷いに迷ったあげく、目を合わせずにこう言った。

「お赤飯、おいしかった。ちょっとこわかったけど」

すると、焼き芋売りが大きな手で釣銭を渡しながら、震える涙声の新潟弁で言ったそうだ。

——ありぃがと。

「この冬から週に二回だけ、焼き芋のトラックをレンタルしてたんだって。あたしの様子が知りたくて、わざわざ溝の口に来ていたみたい。バッカみたい」

と憎まれ口を叩《たた》くヒカル。しかし、赤い口元は笑みをたたえている。

テーブルの担当客を送り出したあと、隆一は彼女の元にワゴンでストウブ鍋《なべ》を運んだ。中には、塩豚と白いんげん豆、トマトなどを煮込み、パン粉をふってオーブンで焦げ目をつけたカスレが湯気を立てている。

「今夜は、正統派のカスレをご用意しました」

「やった。今夜も寒いから、煮込み料理が食べたかったんだ」

ドレッドヘアをターバンで巻き、タイトな赤のニットワンピースを着たヒカルは、遠目で見るとグラミー賞のステージに立つ女性アーティストかと思うくらい、ゴージャスでグラマラスだ。

しかし、隆一は知っている。その華やかな容姿からは想像できないような、ヒカルの可憐《かれん》な素顔を。

隆一がよそったカスレを、彼女はいかにも美味《おい》しそうに頰張った。

――しばらく経ち、空になった皿を下げにいくと、伊勢が厨房《ちゅうぼう》から顔を出した。後ろから正輝もついてくる。ミネラルウォーターを注《つ》ぎ足しに来たのだ。

「いらっしゃいませ。いつもありがとうございます」

「伊勢さん。今日のカスレも素晴らしかったです。お肉がすっごく柔らかかった。見た目もオシャレだし、身体もあったまるし、クセになりますね」

「それはどうも」と会釈をしたあと、伊勢は穏やかに言った。

「いまはシャレて見えますが、カスレは元々、フランスの田舎料理だったんですよ」

「田舎料理……？」とヒカルが意外そうに伊勢を見る。

「ええ。その昔、フランスが戦火の中にあった頃、ありったけの食材を集めて煮込んだものを、カスレという名で呼ぶようになったそうです。いわば、ごった煮ですね。きっと、それを食べながら、家族で暖を取ったんでしょう。時代は変わっても、家族と一緒に食べる料理って、何よりのご馳走《ちそう》なのかもしれませんよね」

それは、すでに事情を把握している伊勢の、心からのエールだったのだろう。

「……そうですね、本当に」

ヒカルがそっとささやいた。

正輝はグラスに水を注いだだけで、足早に去っていった。テーブル席に指名客がいたからだ。隆一は、伊勢の話を聞いているとき、正輝の目が寂し気な色を宿した気がしていた。

実は正輝も、大学を中退したときから家族と疎遠になっている、いわゆる〝勘当状態〟だ。ひょっとしたら、ずっと逢っていない自分の家族の顔が、脳裏をよぎったのかもしれない。

「では、ごゆっくり」

伊勢が厨房に戻っていく。

その後ろ姿を見て、隆一は「あ」の形に口を開いてしまった。

思い出したのだ。

伊勢にも、かつて家族同様の存在がいたことを。

元恋人のマドカと、黒いパグの〝エル〟ことエルキュール。

まだマドカが病魔に冒される前、三軒亭がオープンする遥《はる》か前に、伊勢はマドカのために料理を作っていた。研究を兼ねたオリジナルのフランス料理を。

もしかしたら伊勢も、マドカとカスレを食べたことがあったのかもしれない。

(家族と一緒に食べる料理って、何よりのご馳走なのかもしれませんよね)

今しがた、伊勢がどんな気持ちでそう言ったのか、想像すると胸の奥がざわついてくる……。

「はい、陽介くん、マティーニ持ってって」

「ウィ！」

室田と陽介の声がして、仕事に意識を戻した。

マティーニを載せたトレイを、陽介が素早くテーブルに運んでいく。太陽のような明るい笑顔からは、プロのサッカー選手を目指し、その夢を諦《あきら》めた苦い過去など微塵《みじん》も感じない。

カウンター内でシェイカーを洗う室田だって、ドクターストップを受けてしまったため、アルコールはほとんど飲めない。それでも毎日にこやかに、酒のプロとして仕事をこなしているのだ。

「あ、ネットの番組が始まった。いつも観てるんだ。妖怪《ようかい》とかあやかしとか、不気味な現象を追う番組。声優と漫画家が司会やってて、ちょっと面白いんだよね」

ヒカルが楽しそうにスマホを操作している。

「あら、ケンちゃんからメールが来た。いつお茶しよっかな……。おっと、マユからもメールだ。三軒亭にいるよーって返信しておこう」

マユを容疑者にしたのは、まったくの早とちりだったなと、隆一は苦笑いを浮かべる。

ふと見回すと、料理を前にした客たちは、例外なく笑顔だった。

誰もが何かしらの痛みや苦しみを、胸に秘めているかもしれないのに……。

――やっぱり僕は、三軒亭が好きだ。ここは訪れる人を幸せにする、魔法のような店だから。

隆一は、いつもよりも照明が明るくなったように感じていた。

他店に移ろうかなんて、もう考えるのはやめよう。これから何が起きようとも、三軒亭にいよう。ここで社員になれるのなら、それが自分なりの一流ギャルソンへの道なのだ。

しかし、またもや隆一の心を惑わす出来事が起きてしまった。

翌日の営業中に、南がやってきたのだ。

「いらっしゃいませ」

動揺を隠して、隆一は南を迎えた。先日も一緒にいた香澄という女性を連れている。舞台俳優であるイケメンと、おそらくモデルである美女。人も羨《うらや》むイケてるカップルだ。隆一にとってはどうでもいいことだが。

「おー、隆一。また来ちゃったよ。予約してないんだけど、席ある？」

調子がいい。どこかで一杯ひっかけてきたようだ。前回、自分が暴言を吐いたことを、覚えていないのだろうか？

「カウンターでよろしければ、ご案内できます」

「いいよどこでも。隆一が担当してくれんの？」

「いえ、ご指名のお客様をお待ちしておりまして。申し訳ありません」

「なんだよ、すかしやがって」

「南くん！」

　横の香澄が南の腕を引く。

「ごめんね。南くん、拗《す》ねてるだけだから。隆一くんと話したいのに、なかなかそれが叶《かな》わなくて」

「ご予約をされますと、担当させていただけるのですが」

　隆一の言葉に、南が舌打ちをした。

「そのかしこまった言い方が癇《かん》に障るんだよ」

「あー、南さん、香澄さん、いらっしゃいませ！」

　あいだに入ってきたのは、陽介だった。愛嬌《あいきょう》たっぷりの笑顔と軽快なトークで相手の懐に飛び込んでいくのが、彼のスタイルだ。

「お二人とも、今夜もスタイリッシュでお似合いです。よろしければ、自分がお相手しますよ。丁度、担当していたお客様がお帰りになったので」

「いや、いい。違う店に行く」

南が背を向ける。

ぜひお帰りください！　と隆一は内心で叫んでいた。

「もー、南くん。いい加減にしないと……」

「悪いな、香澄。今度はちゃんと予約してから来よう。そうじゃないと、一流ギャルソンの隆一さんが相手をしてくれないみたいだから」

とことん嫌味なやつである。

「ねえ、そういう態度取ると、マジでバレバレだよ。隆一くんのことが気になってしようがないんだって」

なんとか場を和ませようとする香澄に、「確かに気になるな」と言ってから、南は隆一をひたと見据えた。

「隆一はさ、俺の嗜虐性《しぎやく》を誘うときがあるんだよ。前からそうだった。なるべく出さないように努力してたんだけど」

――嗜虐性？　嗜虐性を誘う？　僕が？

予想外のワードが耳に飛び込み、顔が強張《こわば》っていく。

「じゃあ、またな。あ、よかったら俺の舞台観に来てよ。ここに招待状送るから。同伴者も歓迎するよ」

言いたいだけ言い散らかして、南は扉から出ていった。

「本当にごめんなさい。あの人、今日もすごい飲んじゃってて。なんか嫌なことがあったみたいで。また来るからね」

再度謝ってから、香澄も南のあとを追った。

嫌なことがあって飲んでしまったから、暴言も許せっていうのか？

いい加減にしてくれよ！

怒りで顔が赤くなった隆一の耳元で、陽介が「行ってやろうよ」とささやいた。

「え？　どこに？」

「彼の舞台だよ。どれほどすごい役者なのか、すっげー興味が湧いたから。ワインやシャンパンにも詳しそうだったし、只者《ただもの》じゃないよね」

その言葉で、隆一は落ち着きを取り戻した。

「ありがとうございます。でも、陽介さんに時間を取ってもらうわけには……」

「まあまあ。一度行ってみたかったんだ。舞台なんてあんま観ないから」

さわやかに笑ってから、陽介はフロアに戻っていった。

その後ろ姿に感謝の眼差《まなざ》しを注ぎながら、隆一は南の言葉を反芻《はんすう》した。

――嗜虐性を誘う、か。

ぼんやりと、学生服姿の少年が浮かんできた。

友だちの輪から外れた場所で、本を読んでいる気弱そうな少年。

中学時代の隆一だ。

口下手で人見知りだったため、中高生の頃は同級生の輪の中に入れないことが多かった。本に没頭している振りをして、長い休み時間をやり過ごしていた。

大学で演劇サークルに入ったのは、息苦しい学生生活を少しでも変えたかったからだ。

演劇サークルでも、そのOBの声掛けで入った演劇ユニットでも、誰かと何かを創るよろこびは、何物にも代えがたいものだった。そこにいるときは、孤独な傍観者などではない。ちゃんと輪の一部になれる。それが、たまらなくうれしかった。

自分にとって芝居は、人と繋《つな》がる手段でもあったのだ。

だからこそ、役者に執着していたのだと、いま改めて思う。

ギャルソンの仕事も然《しか》りだ。この店は、他者と繋がれる居場所なのだ。

いろいろな気づきをもたらしてくれるゲスト。尊敬できる仕事の先輩たち……。

得難い出逢《であ》いの場から、南の言葉だけで立ち去ろうとするなんて、アホとしか言いようがない。

ホント、まだまだ子どもだよなあ。

青臭い自分を苦く思いながら、隆一は己の仕事に戻ったのだが……。

仕事を終えて着替えた正輝が、スタッフルームで弾んだ声を出した。

「陽介、聞いたか？」

「室田さんから聞きました！　うれしいですねえ」

陽介はグリーンのライダースジャケットにジーンズ。正輝はタータンチェックのPコートにチノパン。性格もファッションも対照的な二人だ。

「何かあったんですか？」

お気に入りのダッフルコートを羽織った隆一が尋ねると、正輝が笑みを浮かべて言った。「ポールが戻ってくるんだよ」と。

「……え？」

「そっか。隆一はポールさんのこと、あんま知らないんだよね。めっちゃいい人だから、戻ってきたら紹介するよ」

陽介に「そうなんですか」と、平常心の振りをして相槌《あいづち》を打った隆一だが、内心では衝撃を受けていた。

ポール・ベッソンは日本人とフランス人のハーフ。隆一が姉の京子に初めて三軒亭に連れてきてもらったとき、給仕を担当してくれたのが彼だ。物腰が丁寧で仕草は優雅。とても気の利く有能なギャルソンで、しかも、モデルばりの美形だった。

そもそも隆一は、実家の都合でフランスに帰国したポールの穴埋めとして、ここでバイトをすることになったのだ。

彼が戻ってくるのなら、自分は用なしになるのではないか？　もしかしたら、ポールが戻ってくるまでの繋ぎだったから、伊勢や室田から社員への誘いがなかったのかもしれない。

そんな悲観的な思いが瞬時に巡り、頭の中でガンガンと音がした。

少し前まで、自ら辞めようか悩んでいたのに、自分はなんて身勝手なのだろうと、自己嫌悪感も湧いてくる。

「ポールさん、ここでは正輝さんの大先輩だったんですよねー」

「ああ、いろいろと勉強させてもらった」

「元々、伊勢さんと室田さんがいた店のギャルソンだったんでしたっけ？　恵比寿の有名レストラン」

「そう。三軒亭がオープンするときにその店を辞めて、ここに来たらしい」

「さすが元名店のギャルソン。あの人がいると場が華やぐんですよね……」

ポールの話を続ける先輩たちに、隆一はグチャグチャな精神状態を気づかれないように振る舞っていた。

「隆一、まだ帰らないのか？」

「オレら先に出ちゃうよ」

「制服のボタンが取れちゃって。探してから出ます。お疲れさまでした」

とっさに嘘をつき、正輝と陽介をスタッフルームから送り出す。

早く一人きりになりたかった。

しばらく経ってから、とぼとぼとフロアに歩いていく。

厨房《ちゅうぼう》では伊勢の気配がしている。まだ明日《あした》の仕込みをしているのだ。室田も手伝っているはずである。

大半の灯《あか》りが消えた、ほの暗いフロア。

隆一は、自分に当たっていたスポットライトが、ぷつりと消えてしまったように感じていた。

3

entrée ～アントレ～

Bistro Sangen-tei

ポールがいつ戻ってくるのか、誰にも聞けないまま数日が過ぎた。

ようやく春めいた陽気になり、三軒茶屋にも華やいだ春の気配が漂っている。路上の桜は蕾《つぼみ》を綻《ほころ》ばせ、どこからともなく沈丁花《じんちょうげ》の香りが運ばれてくる。

柔らかな日差しを浴びながら店に到着した隆一は、今日も余計なことは考えず、店でやるべきことに集中しようと決めていた。

しかも、今夜は室田が定期的に主宰するワイン会。いつもとは形態が異なる貸し切りのイベントだ。ゲストの中には著名人もいるという。

「室田さんがセレクトするワインと、伊勢さんの特別料理でもてなすんだよ。先着十五名の会費制だけど、すぐに席が埋まっちゃうんだ」

そんな陽介の説明を聞いたとき、隆一の胸はどんなイベントなのか知りたいという期待と、一抹の不安が交差していた。大勢のゲストを先輩たちと給仕するのは、担当テーブルのサービスをする通常の仕事よりも、緊張の度合いが大きいからだ。

皆で一斉に飲み物を注《つ》ぎ、料理皿を置く。タイミングを合わせ、そつなくスムーズに。一人だけヘマをすると、かなり目立ってしまうのである。

「わざわざグラスをレンタルするなんて、すごいですね」

隆一はバーカウンターの前で、今夜だけ使用する高価なグラスを磨いていた。落として割ったりしないように、慎重かつ丁寧に。

手に載せても重力を感じさせない、極めて軽いワイングラス。チューリップのような丸みのついた愛らしいボディに、折れてしまいそうなほど細いステム（脚）。ガラス製品とは思えないほど薄くて、フォルムが美しいそれの価値がどれほど高いのか、素人目でも歴然としている。

「室田さんの趣味。飛び切りいいグラスで、いいワインを飲んでもらいたいんだって。いつもは出さないグラスのね。今夜のグラスは、ウィーンのグラスメーカー『ロブマイヤー』の〝バレリーナ〟ってシリーズ。王室や貴族ご用達《ようたし》のメーカーだったらしいよ」

解説したのは、横でパソコンとにらめっこをしていた陽介だ。室田の指示で、今夜のゲストに提供するワインや、レンタルしたグラスのリストを作成しているのだ。正輝はテーブルセットに余念がない。伊勢は室田と共に、厨房でスペシャル料理の準備をしている。

「そういえばさ、南さんから届いたの？　芝居の招待状」

陽介が手を動かしながら尋ねてきた。

「いえ、来てないです」

「なんだ、行こうと思ってたのに」

「昨日が千秋楽だったはずです。残念ですね」

残念なのは本当だった。南がどんな芝居をするのか、隆一も観たい気持ちがあったし、伊達政宗が主人公のネオ時代劇という、演目自体にも興味があった。ただ、行って楽屋訪問をするのだけは避けたかったので、招待されなくてよかったという気持ちがあったのも事実だ。

「まあでも、南さんには会えると思うよ、すぐに」

「え？」

なんで、と続けようとしたのだが、陽介が室田に呼ばれたため、聞けずじまいで会話が終わってしまった。

しかし、それから一時間後、その理由は明確となった。

ワイン会に南がやって来たのだ。

「いらっしゃいませ。コートをお預かりします」

顔が引きつらないように注意しつつ、隆一は彼を迎えた。

「案内状、ありがとう。隆一が送ってくれたんだろ？」

セミフォーマルなスーツ姿の南は、可憐《かれん》にドレスアップした香澄を連れている。

「ああ、ええっと……」

「南くん、すごいよろこんじゃって。あんま具合よくないのに来ちゃったんだよ。ね？」

「余計なこと言うなよ」

　ムスッとする南。確かに、顔色が優れないように見える。

「悪かったな、舞台に招待できなくて。忙しくて忘れちゃったんだよ」

お前のことなんか、とカッコマークが入ったような気がしてしまった。

被害妄想かもしれないが、自分から送ると言っておいて「忘れた」で済ませる目の前の相手が、どうしても好きになれない。

「南さん、香澄さん、来てくれたんですね。お待ちしてました！」

他のゲストを席に案内していた陽介が、いそいそとやって来た。

「お席にご案内します。南さん、今日もカッコいいですねえ」

二人を連れていきながら、一瞬だけ振り向いて投げキッスのようなポーズをしてみせる。いたずらっ子のように瞳《ひとみ》を輝かせて。

　隆一は確信していた。南に案内状を出したのは陽介だ。でも、一体なぜ？

　イベント感で上がっていた気持ちが、急速に萎《な》えていく。南から預かった高級ブランドのコートを、床に放置してしまいたい。

しかし、当然のことながらその衝動を抑え、冷静さを保つ努力をしたのだった。

ゲストが揃い、室田の挨拶《あいさつ》でワイン会が始まった。

「今夜はお集まりいただきまして、誠にありがとうございます」

着席したゲストたちは、各々がウエルカムドリンクの入った華奢《きゃしゃ》なグラスを掲げている。それぞれのテーブルには、小皿に盛られたお通しの〝スタッフドオリーブ〟と、伊勢が手書きしたメニュー表、それぞれの席次表が置いてある。

「常連の皆様にはお馴染《なじ》みですが、今回もブラインドテイスティングのスタイルを取りながら、お酒を味わっていただきます。スペシャルゲストの佐々木《ささき》様から、秘蔵のワインもいただいているんですよ。佐々木様、ありがとうございます」

「こちらこそ。何をいただけるのか、今回も楽しみです」

恰幅《かっぷく》のいい白髪の男性がにこやかに答える。

彼は、料理番組などのコメンテーターとしても活躍中の日本人ソムリエ、佐々木恭《きょう》太《た》。ソムリエの世界大会で準優勝した経験を持つ著名人だ。今夜は渋谷でレストランを経営する一人娘、寿子《としこ》を連れている。見るからにハイソな雰囲気の父と娘である。

「では佐々木様、乾杯のコールをお願いいたします」

「僭越《せんえつ》ながら。今宵《こよい》は室田さんセレクトのドリンクと、伊勢シェフの料理を存分に楽しみましょう」

　皆が乾杯、とグラスを鳴らし、ウエルカムドリンクを飲む。

「早速ですが、ブラインドテイスティングはもう始まっています。皆さん、いま召し上がってるカクテルが何か、お分かりになるでしょうか。プロ中のプロの佐々木様は、見守るだけにしてくださいね」

「言いたくてムズムズしちゃうなあ」

　佐々木が室田にほほ笑んで見せる。

　一人の男性客が、「ベースはシェリーですよね」と発言する。

「ご名答」と室田が返事をし、「歴史の古いアペリティフですよ」とヒントを出す。

「オレンジビターズの香りがする」

　南が声を上げた。「分かった。〝アドニス〟だ」

　おお、と周囲がざわめく。

「シェリー酒、オレンジビターズ、それにベルモット・ロッソ。アドニスだと思う」

「ご名答。アドニスという名は、ギリシア神話に登場する美しい少年の名前からつけられました。百年以上も前にレシピが完成したカクテルだと言われています。さすがですね、相良南様」

　室田が手を鳴らし、他のゲストたちも拍手を送る。隆一も（すごい！）と胸中で叫んでいた。南の名前を把握している室田にも感服だ。

「南くん、詳しいねえ」と、南と同席している香澄が目を見張る。

「ずっとバーでバイトしてたからな」

南が涼しい顔でカクテルをすすり、スタッフドオリーブを一粒口に入れた。グリーンオリーブの中にアンチョビペーストを詰めたそれは、伊勢が有楽町《ゆうらくちょう》の有名フランス料理店の名物であるスタッフドオリーブを参考に作ったものだ。

「それでは、ゲーム感覚でブラインドテイスティングをしながら、お食事を楽しんでくださいね」

一礼をした室田が、バーカウンターに向かう。

「うまいカクテルだね。僕は〝バンブー〟かと思った」

「バンブーもシェリー酒とオレンジビターズのカクテルだけど、ベルモット・ロッソじゃなくてベルモット・エクストラドライだよ。しかも、アドニスは赤いカクテルだけど、バンブーは白」

「そうか。初歩的なミスだな」

「まあまあ、いいじゃない、二人とも。このオリーブも美味《おい》しい。シェリーもオリーブもスペインが名産だから、合わないわけがないわよね」

男女三人の会話が聞こえた。南たちの隣のテーブルに着いている三人組だ。

室田さんのワイン会に集まる人々は、お酒や食の知識がハンパじゃないんだな。

感心しながら、前菜を運ぶために厨房《ちゅうぼう》に入った。入り口付近で陽介と正輝が待機している。センターテーブルでは、伊勢が十五人分の料理をせっせと盛り付けている。

隆一は素早く陽介に近寄って、耳元でささやいた。

「陽介さん、なんで……」

「ああ、南さんのこと？　すごい気になったんだ。お酒に詳しそうだったから、どれだけ詳しいのか知りたくなってさ。で、案内状リストにこっそり入れちゃったんだよね」

陽介が片目をつぶってみせる。

「私語は慎むように」と正輝に言われ、「すみません」と二人で声を揃える。

「さあ、前菜を出すわよ」

と言いながら、室田が厨房に入って来た。

「ウィ！」

ギャルソン三人が威勢よく返事をする。

今夜は、室田と伊勢も含む五人で皿を運ぶことになっていた。一人が三皿ずつ左手に載せ、十五人のゲストに料理を提供するのだ。

ちなみに、ドリンクは室田がバーカウンターで人数分を用意し、それをトレイで運ぶ段取りになっている。空いた皿とグラスを下げて水洗いをするのは、ギャルソン三人の役目だ。

よーし、頑張るぞ！

いつの間にか隆一は、モチベーションを取り戻していた。

「一皿目は、〝生牡蠣《なまがき》とウニのシャンパンジュレ寄せ〟です」

フロアに伊勢の声が響き渡った。

ゲストたちの前に、前菜の皿が置いてある。

岩塩で固定された牡蠣の殻に盛られているのは、鮮度の良さそうな生牡蠣と、鮮やかなオレンジ色のウニ、クラッシュしたプラチナ色のジュレ。その上には、少量のキャビアが載っている。

皿の横にある華奢なフルートグラスは、濃い黄金色の液体で満たされ、中で繊細な泡が現れては消えていく。

「北海道から届いた長牡蠣とエゾバフンウニ。魚のアラで出汁《だし》を取ったフュメ・ド・ポワソンとシャンパンを合わせたジュレ、それにキャビアを添えました」

伊勢の説明が続く。

「ステキ！」

小さく叫んだのは、隆一が料理を運んだテーブルの女性だった。先ほどカクテルやオリーブについて語っていた三人組の一人。名前は今村典子《いまむらのりこ》。職業は公認会計士。四十代前半の快活な女性だ。

「これ、どこのキャビアかしらね？」

「ロシアのベルーガでございます」と隆一が答える。

「すごい。最高級キャビアだわ」

典子が嬌声《きょうせい》を上げる。対面に座る同世代の男性二名も深く頷《うなず》く。アドニスをバンプーとカン違いした小柄な男性は後藤俊《ごとうしゅん》。その間違いを細かく解説した大柄な男性は中《なか》尾《お》和之《かずゆき》。二人とも飲食関係の会社を経営しているらしい。

隆一は室田を見習って、席次表でゲスト全員の名前を暗記し、合間を見て室田に各自の職業も確認しておいたのだった。

「どうぞ、お召し上がりください」

伊勢のひと声で、ゲストが一斉に手を動かす。

「んー、美味しい！」

「素晴らしい」

「ファビュラス」

「最高のマリアージュだね」

あちこちから感嘆の声が聞こえてくる。

——ああ、幸せのハーモニーだ。

隆一が給仕をしていて、一番快感を覚える瞬間。舞台で喝采《かっさい》を浴びているのと、おそらく感覚は同じである。

舞台の中央に立つのは伊勢と室田。隆一たちギャルソンは脇を固めるバイプレイヤー。そして、観客であり、真の主役でもあるのがゲストたちだ。

「さあ皆さま」と、室田が赤いベルベット布で覆ったボトルを掲げた。

「いま飲んでらっしゃるシャンパンの銘柄を、当ててくださいね」

「えー？　銘柄を当てるの？」

「難しいな……」

ゲストが一斉にざわめき出す。

「当たり外れは気にしないで、思いついた銘柄を言ってくださいね。お遊びですから」

室田が満面に笑みを浮かべる。

「じゃあ……ドンペリかな？」

「ベル・エポックかも」

「このふくよかな香り……グランシエクルだったりして」

シャンパンを味わった人々が、思い思いの予想を口にする。

「まさか、サロンのわけないもんな。……クリスタルだ」

南の声が響き、「相良様、ご名答でございます」と室田が答え、ボトルを覆っていた布を外す。鮮やかでゴージャスな黄金色のラベルが目に飛び込んできた。

「クリスタル。フランスのシャンパンメゾン、〝ルイ・ロデレール〟のプレステージ・シャンパンです。ロシア皇帝・アレクサンドル二世のために作られた逸品としても知られています。ひと皿目がロシアと国境を接する北海の幸でしたので、クリスタルの二千年を合わせてみました」

なるほど、と声が上がる。

「だからキャビアもロシアのベルーガだったのね」

「さすが室田さん、セレクトが洒落《しゃれ》てるなあ」

「料理と飲み物の組み合わせにストーリー性があると、食事が楽しいんだよね。鮮度抜群で、口に入れた途端に溶けてしまうウニと、軽やかで香り高いクリスタル。もう、舌と喉《のど》が大よろこびしてるよ」

典子と中尾、後藤が楽しそうに会話をしている。

「あちらの相良さん、若いのによく知ってるね」

「飲みなれていらっしゃるのね」

遠くの席で佐々木と寿子が感心している。

「誰でも分かるだろ、このくらい」と不遜《ふそん》につぶやく南を、「そんな言い方しないでよ」と香澄が諫《いさ》めた。

しかし隆一は目にしてしまった。隣席の典子たち三人が、不愉快そうに南を睨《にら》んでいたのを。

やっぱり、大人気ない人だ……。

南の知識と感覚に感心していた隆一も、彼の嫌味っぷりが癇《かん》に障り、急ぎ足でその場を離れた。

二品目の前菜は、〝ウサギとピスタチオのテリーヌ〟。厚めにスライスされたピンク色のテリーヌと、その中にちりばめられた緑色のピスタチオの実。色の組み合わせが愛らしい。しかも、四角いテリーヌは薄いパイ生地でコーティングされているという、実に手の込んだひと皿である。

「ウサギって初めて食べた。ぜんぜんしつこくないんだね。香ばしいピスタチオと、サクッとしたパイ生地の食感が最高」

と香澄が高い声で言った。

「それに合わせたのが〝ミュスカデ・セーヴル・エ・メーヌ〟のシュール・リーか。

本来は魚介に合うワインなんだぜ。まあ、これも悪くはないけど」

　やや不満げに白ワインを飲む南。銘柄を当てたのが隣のテーブルの典子だったため、気分が良くないらしい。

　室田が用意した〝ミュスカデ・セーヴル・エ・メーヌ シュール・リー〟は、フランス・ロワール産の白ワイン。室田いわく、〝シュール・リー〟とはフランス語で「澱《おり》の上」という製法を表す言葉。通常の白ワインは、〝澱〟と呼ばれる沈殿物を除去しながら発酵させていくが、その澱を取り除かずに造る製法がシュール・リー。ワインに独特の旨味と芳香を与えるのだという。

「淡白な肉質のウサギに、深みのあるシュール・リーを合わせる。素晴らしいね」

　有名ソムリエの佐々木もご満悦のようである。

　ひと皿ずつ出す料理ごとに、室田が選んだ飲み物が提供され、それが何かを語り合う。食通にとってはたまらなく楽しそうな晩餐《ばんさん》会だ。

　参加費はかなりの高額。しかし、それでもリーズナブルに抑えられているらしい。理由は、室田の実家が数件のフランス料理店を経営しているため。その会社から食材を回してもらっているから、三軒亭はコストパフォーマンスがいいのだ。

　三軒亭に入店以来、初めて室田のワイン会の給仕をした隆一にとっては、見聞きするすべてが新鮮で興味深いものだった。

続く三皿目の料理は、〝山菜のフリット・オランデーズソース〟。

皿の上では、ふっくらと揚がったフリットの上下に、マヨネーズ状の黄色いソースが弓のような模様を描いている。添えられているのはカットレモンのみだ。料理からは、僅《わず》かだが刺激的な香りが漂ってくる。

「ウド、コゴミ、タラの芽、三種の山菜をメレンゲ入りの衣で揚げたフリットです。ソースは、バターにレモン果汁と卵黄を加えたオランデーズソース。通常は黒コショウやカイエンペッパーで風味付けをしますが、今回は山椒《さんしょう》を使用してみました」

伊勢の解説にゲストたちが色めき立つ。一斉にカトラリーを動かして料理を味わい、黄色みがかった白ワインで喉を潤す。

山椒の香りで刺激をつけた、クリーミーなオランデーズソース。揚げたてのフリットと食するのは、さぞかし美味なはずである。

「このお料理には、フルーティーでスパイシーな白ワインが合うと思いましたの」

そんな室田の言葉にいち早く反応したのは、佐々木の娘・寿子だった。

「葡萄《ぶどう》の品種は〝ゲヴェルツトラミネール〟ね。このライチのようなアロマティックな風味。間違いないわ」

横の父親が満足気に頷いている。室田も「さすが寿子様」とほほ笑む。

「品種はゲヴェルツトラミネール、ゲヴェルツか……。分かった。ワイナリーはアルザスの〝マルセル・ダイス〟だ」と、南が自信たっぷりにワイナリー名を叫んだ。

「いや、アルザスはゲヴェルツで有名なワイナリーが多いからな。〝ツィント・フンブレヒト〟かもしれん」

「意外にドイツワインなんじゃないかな。たとえば、ファルツの〝リンゲンフェルダー〟とか」

中尾と後藤が即座に他のワイナリー名を上げてみせる。南に対抗心を燃やしているのかもしれない。それにしても、ワイン通たちの知識力は凄《すさ》まじい。

「残念」と室田がベルベットの布を外す。現れたボトルのラベルには、ワインボトルをモチーフにしたモダンアートが描かれている。

「スペイン・ソモンターノの〝エナーテ〟。かつてスペインにあった伝説のレストラン、『エル・ブリ』でも多く提供されていたワイナリーのゲヴェルツです」

外した三人が悔しそうな表情をする。

「へえー。ゲヴェルツって品種で造ったスペインワインなんだー。香澄にはよく分かんないけど、めっちゃ美味《おい》しい。お料理にピッタリ」

まったく通ではない様子の香澄の言葉を受け、「そうそう。本音を言いますとね、美味しければなんでもいいんですよ。ねえ室田さん？」と佐々木が発言した。

「おっしゃる通りです。これは単なる余興ですから」

室田も賛同する。熱くなってきたゲストたちをクールダウンさせるためだろう。

しかし、そんな空気など読めない人物がいた。

もちろん南だ。

「でもさ、ワインはフランスが一番だよな。ほかの国のワインは安っぽいんだよ。日本産なんて論外。所詮《しょせん》、日本のワインはフランスのパクリだからな」

「南くん、声が大きいってば」

香澄が恥ずかしそうにうつむく。おそらく、南の恋人だと思われる香澄は、見た目こそ派手だが、常識もあって慎ましやかな部分もある。そんな女性がなぜ傍若無人な南と一緒にいられるのか、隆一にはまったく理解ができなかった。

「俺、我慢できなくなりそうだ……」

小声でつぶやいたのは後藤だった。南の存在が鼻につくのだろう。

「ほっときなさいよ。なんも分かってない坊やなんだから」

典子が飄々《ひょうひょう》と後藤を諭す。

そんな声が聞こえなかったのかスルーしているのか、「うちの地下のワイナリーには、フランス産のワインしか置いてないんだ。パンもここは近所の店だろうけど、一番うまいのはパリに本店がある〝メゾンカイザー〟。これは譲れないな」と、南はご機嫌な調子でしゃべり続けている。

「ねえねえ、南くん、どのフリットが好き？　香澄はあえて選ぶならタラの芽かなー。外カリ中フワな衣と、新芽の微《かす》かな苦み。それに、山椒のピリっとした香りとコクのあるソースが絶妙。エキゾチックな味だから、スパイシーな白ワインとの相乗効果がすごいよ」

香澄が話題を変えようとしている。やはり彼女は常識人だ。

「選ぶ必要があるのか？　俺からすればどれも平均点だな。山菜のフリットも悪くはないけど、やっぱりこの時季のアントレで一番ウマイのは〝宝石〟だよ。あの滑らかさ。香り。香澄にも食べさせたいなあ」

南はカトラリーを皿に置き、右手をすっと差し出して、ワインを飲んでいた香澄の左の指をそっと撫《な》でた。香澄が「やだもー」と慌てて左手を引っ込める。

イチャつく美男美女。まるで、ドラマのワンシーンである。

そんなリア充な場面を見たいわけではないのだが、どうしても気になってしまう。

なぜなら、〝宝石〟の意味が知りたかったからだ。

「ねえ南くん、宝石ってなあに？　アントレって？」

隣の担当テーブルの空いた皿を下げつつ、隆一は南と香澄の会話に聞き耳を立てる。

「知らないのかよ？　アントレはフランス語で前菜のことだよ。で、宝石は……。いや、ここでは言わない」

「えー、教えてよ」

「次に会うとき、それを出す店に連れてってやる。なかなかうまい店がないんだけど、一件だけスッゲーとこがあるんだ。香澄のために予約しておくよ」

やさしく笑う南を、愛《いと》おし気に見つめる香澄。あんな南の、いわゆるオラオラな部分と、たまに見せるやさしさとのギャップが、香澄を魅了するのだろうか？　女性の気持ちなど、さっぱり分からない。

もう、勝手にしてくれ――。

〝宝石〟の意味も、どうでもよくなった。

隆一は二人から目を逸《そ》らして、空の皿を手に厨房《ちゅうぼう》へと急いだ。

続いて提供した魚料理は、〝ポアロ風・舌平目のミルクソース　温州《うんしゅう》ミカンのジュレ添え〟。

キツネ色にソテーされた舌平目の下は、いかにも濃厚そうなクリームソース。脇にあるミカンのジュレと共に提供するのが伊勢流だ。魚介類に柑橘《かんきつ》系。マッチしないわけがない。

伊勢の解説によると、これは九十年代にイギリスで制作されたミステリードラマに登場する〝舌平目のミルク煮〟から発想した料理。原作は『ヒッコリー・ロードの殺人』というアガサ・クリスティーの名探偵ポアロシリーズで、日本でも放送されたそうだ。その料理を大胆にアレンジしたのが、今回のひと皿なのである。

そこに室田が合わせたワインは、サーモンピンク色のスパークリングワイン。ひと口飲んで言い当てたのは、南だった。

「イギリスのワインメーカー、チャペルダウンの〝ブリュット・ロゼ〟。ウィリアム王子とキャサリン妃の結婚式でも振る舞われた、ロゼスパークリングワインだよ」

「相良様、本当に博識でいらっしゃいますねえ」

しきりに褒めたたえる室田に、「簡単すぎて物足りないですね」と、南は不敵に笑んで見せた。

「ポアロはベルギー人の設定だけど、イギリス人のクリスティーが生んだ名探偵。しかも、イギリス制作のドラマから着想を得た料理なんだから、イギリスのワインを合わせてくるだろう。誰でも推理できますよ」

尊大に講釈を垂れる南を、他のゲストが生温かく見守っている。そういう人なのだ、と周囲に思わせてしまった者は強い。誰が何を言おうと、南は傷ついたりしないのだろう。

そうなれたらどんなに楽だろう……。

隆一はふと、南の鋼ばりの心臓の強さに憧《あこが》れのような感情を抱いた。

「なあ隆一。給仕しながら見てるばっかで、つまんないだろ」

いきなり南から声をかけられた。

「いえ、拝見しているだけでも楽しいです」

「やっぱりマゾか。だから嗜虐《しぎゃく》性を誘うんだな」

周囲の視線が隆一に集まる。

やめてくれ！　このドS男が！

と叫びたい気持ちをどうにか抑える。

「隆一に訊《き》きたいんだけどさ、この舌平目の種類は？　産地も教えてくれないか」

南は嘲笑《ちょうしょう》を浮かべている。

「ゲストに飲み物を当てさせてるくせに、ギャルソンが料理を解説できない、なんてわけないよな？」

猛禽《もうきん》類のような目だ、と隆一は思った。獲物を狙う鷹《たか》のような鋭い目。獲物とはもちろん、今、南が見上げている自分だ。南からすれば、か弱くてちっぽけで、いたぶるには格好の的なのだろう。

「ええと……」

頭の中が真っ白になっている。何も思い出せない。

舞台でもこんな経験を何度かした。

緊張でセリフが全部飛んでしまったのだ。

「今夜の舌平目はですね……」と、南たちのテーブルに魚料理を運んだ陽介が、助けに入ってきた。

「キミに訊いたんじゃない。黙っててくれないか」

きつい口調で南に言われ、陽介が口を閉じる。室田と正輝が心配そうに見ている。

伊勢はすでに厨房の中だ。

そういえば、舞台上でも先輩がアドリブを入れてカバーしてくれた。新人だからしょうがないと、楽屋で慰めてくれた。それに甘んじていた己が情けない。

思い出せ。伊勢が厨房で説明してくれたはずだ。

早く思い出せ！

「やっぱり無理か。まあ、訊いた俺が悪かったよ。所詮、オマエは三流……」

「ドーバーソール」

勝手に口が動いた。

「ドーバー海峡で獲《と》れた、ドーバーソールと呼ばれる舌平目です。今朝空輸されたものをムニエルにしております。日本で獲《と》れるアカシタビラメやクロウシノシタよりも、大きくて肉付きがいいのが特徴です」

驚き顔で南が見つめている。

「お味はいかがですか？」と、隆一は付け加えた。

香澄が小さく手を叩《たた》いている。フロアのあちこちから、安堵《あんど》のため息やささやき声がする。

「……フッー」

つまらなそうに答え、「スパークリング、もう一杯」と空のグラスを差し出す。

「かしこまりました」

グラスを手にバーカウンターへと向かう。途中で陽介が拳《こぶし》を振ってくれた。

室田に注《つ》がれたロゼスパークリングを南の元へ運び、冷静さを装って厨房に入った。

額から流れた汗をハンカチで拭《ぬぐ》い、洗い場で手を洗う。

――あんなドS男の厚顔無恥な強さなんて、絶対にいらない。

南の心臓の強さに、一瞬だけ憧れた自分を全否定してから、隆一はメインを出す準備に取りかかった。

今夜のメインは、〝甲州《こうしゅう》牛のローストビーフ・八丁味噌《はっちょうみそ》入りブラックソース〟。

ワゴンサービスで提供するスペシャル料理である。

フロアには、三台のワゴンが運び入れられた。

一台目にはこんがりと焼き上がったローストビーフの大皿。二台目には付け合わせ用の〝黒米のリゾット〟の皿とソース入れ。三台目にはサーブ用のカトラリーや食器が積まれている。

伊勢がその場でローストビーフをカットし、正輝が鮮やかな紫色のリゾットと共に皿に盛る。黒みがかったソースをかけるのは陽介で、それを各テーブルに素早く運んでいくのは隆一だ。

「お肉とお味噌とご飯。日本人にはたまらないフレンチね。あー、いい匂い」

典子が皿に顔を寄せて、香りを吸い込む。

カットされたローストビーフの断面は、赤みの強いピンク色。そこにかかっているのは、トロリとした黒いソース。〝ブラックソース〟は伊勢オリジナルのネーミングである。

「甲州牛のローストビーフ。山梨の黒毛和牛の中で、品質ランクが四、もしくは五等級に格付けされた牛のみを〝甲州牛〟と呼びます。ソースは、肉汁とブイヨンに黒ビールを加えて煮詰め、隠し味に八丁味噌を入れたもの。付け合わせは、黒米と白米をブイヨンで煮込んだリゾットです」

伊勢が話を終えた途端に、「黒米って美容にいいのよね。アントなんとかって成分が入ってて」と典子がつぶやいた。すかさず正輝が典子に近寄る。

「黒米のアントシアニンという色素は、老化の原因となる活性酸素をとりのぞくポリフェノールの一種です。また、黒米は白米よりミネラル分が豊富で、食物繊維も多く含まれています。おっしゃる通り、美容効果が期待される食材なんですよ」

「ステキ。ますます食べたくなりますね」

典子は、隆一が置いたメインの皿から目を離さない。

「合わせて飲んでいただくのは、本当にスペシャルな赤ワインなんですよ」

一歩前に足を踏み出した室田が、ベルベットで覆われたボトルをかざす。

「佐々木様がお造りになった〝キュヴェ〟です。皆様、じっくりとテイスティングして、葡萄《ぶどう》の産地や品種を当ててみてくださいね」

どっと歓声が湧き、一同がワイングラスを掲げて佐々木に礼を述べた。

「キュヴェって？」と香澄に問われ、南が得意げに説明する。

「特別なワインのネーミング。簡単に言うと、大量生産されたものではなくて、限定品として造られたワイン。たとえば、誰かが何かの記念に、自分で葡萄を選んで造ったものとかね」

すると、典子たち三人が佐々木のワインについて会話を始めた。

「佐々木さんのキュヴェって、いくつかあるわよね。ソムリエ世界大会で準優勝した年に造った赤とか」

「寿子さんのレストランをプロデュースした年の白とかね。あのキュヴェ、寿子さんの店でだけ出してたんだよな」

後藤の言葉を受け、中尾が大声を出す。

「その二つ、フランスのボルドー地方で作られたはずだよ！」

「じゃあ、このキュヴェもボルドー産かしら？　風味も濃厚だし」

そのやり取りを、離れた席の佐々木がにこやかに見守っている。娘の寿子も黙ったまま、ローストビーフとワインを味わっている。

すると、赤ワインをグイっと飲んだ南が、自信たっぷりに宣言した。

「これもボルドーだ。ボルドーの赤といえば、品種はカベルネ・ソーヴィニョンに決まってる」

即座に後藤が、「いや、カベルネ・ソーヴィニョンだからといって、ボルドーとは限らない。葡萄畑は世界中にあるからな。イタリアのトスカーナかもしれん」と反論。

またもや対抗意識を燃やしているのかもしれない。

「いや、チリのセントラル・ヴァレーなんじゃないか」と中尾も意見をする。愉快そうに笑っているので、わざと違う国の地方をぶつけているのだろう。

「カリフォルニアだったりしてね。意表をついて」と茶目っ気たっぷりに言い出す典子。その他のゲストも、赤葡萄の品種をカベルネ・ソーヴィニョンと決めつけ、産地を予想し合っている。

「――では、正解を佐々木様から伝えていただきますね」

室田がベルベットの布に包まれたボトルを佐々木に手渡した。

「では、申し上げます。品種は……〝甲斐《かい》ノワール〟です」

佐々木が布を外すと、シンプルな白いラベルに〝甲斐ノワール〟の黒文字が見えた。

「えっ？」

南が驚きの声を出す。

「甲斐ノワールは山梨県で作られた日本固有の品種。カベルネ・ソーヴィニョン種とブラック・クイーン種を交配して誕生した品種です」

「だからカベルネ・ソーヴィニョンに風味が似てたのね」と典子が感心したようにささやき、「メインの肉も甲州牛。ワインに合わせたんだな」と中尾が頷《うなず》く。

「参った。国産ワインもウマいんだよなあ。フランスに負けてないよ」

後藤が南をチラリと睨《にら》みながら言った。

「実は、妻の実家が山梨の勝沼《かつぬま》にありましてね。この赤ワインは、娘の誕生記念に勝沼で造ったキュヴェなんですよ。私にとっては、どんな高級ワインよりも価値のある、思い出の一本です。個人的な話で恐縮ですが」

父親の言葉に、寿子が「ありがと。すっごく美味《おい》しい」とほほ笑む。

「素晴らしい！」

「そんな貴重なワインをいただけるなんて」

「佐々木さんと寿子さんに乾杯！」

ゲストから喝采《かっさい》が沸き、あちこちでグラスを合わせる音がする。

南だけが、悔しそうに唇を嚙《か》みしめている。

無理もない。ボルドーのカベルネ・ソーヴィニョンだと断言した自分が不正解だっただけではなく、よりによって、先ほど貶《けな》した日本産のワインだったのだから。

「ねえねえ南くん、最高に美味しいよ、このローストビーフ。和風のこってりソースと黒米のリゾットが、日本人にはたまんないよね。ローストビーフをいただいたあと、すぐにワインを飲むの。柔らかいお肉のジューシーさと、コックリとした赤ワインのフルーティーな香りが交じり合って、飲み込んだあとは上品な旨味だけが舌に残る感じ。ね、南くんももっと食べてみて」

香澄がグルメな話題で空気を変えようとしたのだが、南はグラスのワインをヤケクソ気味に飲み干し、「こんなお遊びのテイスティング、やってられっかよ」と苦々しくつぶやいた。

「もういいじゃん。食事を楽しもうよ」と香澄がなだめても、南の眉間《みけん》のシワは消えない。

「隆一！」

いきなり南に呼ばれ、慌ててそばに歩み寄る。

「ワインは飽きた。ハードリカーをくれ。なんでもいい。度数が高いのなら」

「なにか？」

「ハードリカーって？」

キョトンとする香澄に、「アルコール度数の高い蒸留酒のことだよ！」と南が言い放つ。急ぎ足で室田がやって来た。

「相良様、申し訳ございません。今宵《こよい》はワインの集いでございまして、こちらでお出しする以外のお酒は会費に含まれない……」

「出せないんですか？　客が求めてるのに？　追加料金は払いますよ。別にいくらでも構わない」

冷ややかな視線。顔立ちが整っているだけに、迫力がある。

「……承知しました。銘柄はこちらで選んでよろしいですか？」

柔和な表情で室田が言った。

「ええ。度数が強くてウマいやつ。フランス産がいい」

「かしこまりました」

カウンターへと向かう室田を、誰もが見つめている。場に漂っていた薔薇《ばら》色の高揚感が、明らかに色を失いつつあった。

そのとき、ガシャンと音がし、「失礼しました！」と声がした。

陽介だ。カトラリーを載せていたトレイを落としたのである。

「もー、陽介くん、相変わらずそそっかしいわね」

来店時は陽介を指名する常連の女性が、笑い声を立てた。

「僕の若葉マーク、いつ取れるんですかねえ」

おどける陽介の愛らしい笑顔が、冷え切りそうだった空気を温めた。

わざとだ。陽介さん、わざとカトラリーを落としたんだ。

隆一は確信していた。と同時に、何も対処できなかった自分にダメ出しをする。

「はいはい、永久初心者の陽介さん、こちら、相良様にお出しして」

「ウィ！」

カウンター内の室田に元気よく答え、陽介がブランデーグラスを南の元に運ぶ。

「南さん、お待たせいたしました。〝マール・ド・ブルゴーニュ　ロマネ・コンティ一九九五年〟でございます」

陽介が白い歯を覗《のぞ》かせる。おお、と場内からどよめき声がした。

それは、フランスのブルゴーニュ地方の最高級ワイン、〝ロマネ・コンティ〟の、葡萄の搾りかすで作られた蒸留酒。ブランデーの一種だ。ボトル一本で二十万円は下らない、室田個人の所有物だった。

「一九九五年。すごいな、ロマネ・コンティの出来が良かった年だよ……」

後藤が感嘆の声を漏らす。

「よろしければ、皆様もお召し上がりください。一杯ずつくらいならお出しできますよ」

と室田が言っても、飲みます、というゲストは皆無だった。せっかく室田がチョイスした酒と伊勢の料理との組み合わせを楽しんでいるのに、その軌道から逸《そ》れるような行為をする者はいないはずなのだ。

非難の視線を受けても、南はどこ吹く風でグラスを揺らしている。

面の皮が厚い、とはこのことだな……。

呆《あき》れ果てた隆一が厨房《ちゅうぼう》に行くと、伊勢がデザートの用意をしていた。〝シェーブル（ヤギのチーズ）のブランマンジェ〟。好みで新鮮なオリーブオイルをかけて、食べてもらうことになっている。合わせる酒は、世界三大貴腐ワインのひとつ、ボルドーはソーテルヌ地方のヴィンテージワインだ。

淡い琥珀《こはく》色の、甘くて香り高い貴腐ワイン。もちろん、値段もかなりのものである。

今宵の献立は、まさしくグランメゾン級。隆一は、伊勢と室田の本気を見た気がしていた。

「まいったなあー。あんな暴君だとは思わなかったよ」

あとから入って来た陽介が、困り顔でささやいた。案内状のリストに南を入れてしまったことを、心底後悔しているようだ。

「しょうがないですよ」と受けながら、(間もなく宴《うたげ》は終了する。それまでの辛抱だ)と隆一は思っていた。

この直後に起きる大変なアクシデントなど、知る由もなく。

デザートと一緒に提供された貴腐ワインに、南は見向きもしなかった。銘柄当てにも一切参加せず、三杯目のマール・ド・ブルゴーニュ ロマネ・コンティを喉《のど》に流し込んでいる。

「ねえ、飲みすぎだって。薬も飲んでるのに。もう終わりにしなよ」

心配する香澄に「このくらいフツー」と答えながらも、南は今にもダウンしそうに頭をふらつかせている。そういえば、「具合よくないのに来ちゃったんだ」と、入店時に香澄が言っていた。

「ミネラルウォーターを」と隆一が声をかけたのだが、「ほっといてくれ」と言われてしまった。どうすることもできず、南から目を離さないようにしていると、彼はふらつく足で男性トイレに入っていった。他のゲストは、南など構わずにデザートを堪《たん》能《のう》している。

そして南は、トイレから出てこなくなった。

香澄がそわそわとトイレのほうを見ている。

五分ほど過ぎた頃、「隆一、南さんの様子、見てきてくれないか？」と、他のテーブルの皿を下げていた陽介から頼まれたので、トイレを確認しに行った。ドアを叩《たた》き、「南さん？」と何度も呼んだのだが、反応は返ってこない。

ヤバイぞ……。

中で倒れているパターンかもしれない。

「開けるしかないな」

いつの間にか、後ろに正輝が立っていた。十円玉を手にしている。

「そこに待機しててくれ。人を入れないように」

正輝が十円玉を鍵穴《かぎあな》に差そうとした瞬間、扉が開いて南が顔を出した。

顔面蒼白《そうはく》だ。

「大丈夫ですか？」と声をかけた隆一に、南がなだれかかって来る。

「南さん？」

そのまま体重が一気にのしかかった。気を失っている！

「スタッフルームだ」

低く言った正輝と二人で、南の両肩を支えた。担ぐようにトイレ横のスタッフルームへ連れ込んだ。絨毯《じゅうたん》の床に南を横たえる。仰向《あおむ》けになった南は固く目をつむり、やや荒く呼吸をしている。

「相良様、相良南様！」「南さん！」

二人で声をかけても、ピクリともしない。

正輝は南の口に手をやった。呼吸を確かめ、心臓に耳を当て、指で目を開いて瞳孔《どうこう》を確認する。

「南くん！」と、香澄がスタッフルームに飛び込んできた。

「相良様は、お酒はお強いほうですよね？」

いきなり正輝に問われ、「かなり強いです」と香澄が即答した。

「耐性があるのなら、アルコール急性中毒の確率は低くなります。一過性意識消失発作かもしれない。脳の血流が瞬間的に遮断されて、一時的に起きることがあるんです。大抵は数分で目を覚ますし、後遺症にもなりません。念のため、回復体位を取っておきましょう」

正輝は南を左横向きにし、シャツの第一ボタンを外してから、頭を少し後ろに反らした。

「気道確保。呼吸を妨げないように喉の気道を広げる」

に曲げさせた。

隆一に説明しながら、南の左腕を真横に伸ばし、右腕をその上に置く。両の膝《ひざ》も左

「腕と足をこうしておくと、寝返りがし辛《づら》くなる。うつ伏せになると危険だ。気道が塞《ふさ》がるから」

さすが元医大生。まるで応急処置を教える医者のようだ。

「隆一、ブランケット。体温を下げないようにするんだ」

「はい！」

急いで物置から予備のブランケットを取り出し、横たわった南にかける。一枚では足りなそうだったので、五枚ほど広げて身体を覆った。

酒で具合が悪くなった客は何人かいたが、隆一が意識を失った客を介抱するのは、これが初めてだった。

「相良様は今までも、このような状態になったことがありますか？」

「いえ、初めてです。お酒で歩けなくなったことはありましたけど、気を失うなんて……」

正輝に述べた香澄が、心配そうに南を見る。

「香澄さん、南さんの具合が悪かったって、来店されたときに言ってましたよね？」

隆一が確認すると、「そうなの」と眉《まゆ》をひそめた。

「風邪をひいてて、ずっと薬を飲んでいて。……風邪薬だけじゃなくて、精神安定剤とかも」

「えっ？　南さんが？」

「薬とアルコールの多量摂取。それは心配だ」と正輝が鋭く言い、南の顔に自らの顔を寄せた。

「呼吸が乱れている。救急車を呼びましょう」

正輝はポケットからスマホを取り出し、電話をかけ始めた。その間に、今にも泣き出しそうな顔の香澄が、隆一に話しかけてきた。

「実はね、舞台が相当なプレッシャーだったみたいなの。準主役に決まってから、ずっと眠れなかったらしいんだ。食べてもすぐ戻しちゃうくらい、追い詰められてた。それでお酒の量が増えて、体調も崩しちゃって……。本番でも何度か失敗しちゃったみたい。『俺はもう終わりだ』って、何度も何度も言ってたから。詳しく話してはくれないんだけど……」

……言葉が出なかった。香澄の証言が重すぎて。

役者時代の隆一は、常に脇役の一人だった。先ほどの舌平目の説明のように、舞台上で言葉が出てこなかったこともあった。だが、多少の失敗は舞台の一部として容認されていた気がする。しかし、主役級の役者はそうはいかない。自分のミスが、その演目の致命傷になってしまうのだ。

その分、相当な重圧と責任感が押し寄せるはずだと、頭では分かっているつもりではいた。でも、実は知らなかったに等しいのではないか。なにしろ、自分は主役級になったことがないのだから。

「隆一、室田さんに状況を説明してきてくれないか」

「了解です」

正輝に言われてスタッフルームを飛び出した。

室田に報告すると、「分かった。車が着いたらお見送りして」とだけ述べ、ゲストに向かって声を張り上げた。

「体調を崩されたお客様がいらっしゃいます。こちらで対応いたしますので、皆様はご心配なさらずに、お酒をお楽しみくださいね」

ざわめきに背を向け、南たちの元へ急ぐ。

「香澄さん、南さんに同行されますよね？」

「もちろん」

「じゃあ、病院で何か分かったら連絡してください。僕のケータイに」

頷《うなず》いた香澄と連絡先を教え合う。

足元に横たわる南の、瞼《まぶた》を閉じた青白い顔が目に入った。

厚顔無恥な人なんかじゃない。むしろ逆だ。

繊細すぎるから、すぐに心が傷ついてしまうから。

その脆《もろ》さをカバーするために、仮面を被《かぶ》っていたんだ。

傍若無人という名の、鋼鉄のような固い仮面を。


南たちを乗せた救急車を見送り、室田と陽介が精一杯盛り上げたゲストたちを送り出したあと、三軒亭は静かな倦怠《けんたい》感に包まれていた。テーブルの片付けが終わったフロアは、先ほどまでの熱気が嘘のようにひっそりとしている。

正輝と陽介は、伊勢と共に厨房《ちゅうぼう》で食器や鍋《なべ》を磨いている。隆一は室田と、バーカウンターで洗った大量のグラスを磨いていた。

「僕、ワイン会って初めてだったんですけど、すごく面白かったです。勉強になりました。皆さん博識だし、紳士淑女ですよね。南さんのことも心配してくださって」

本当にそうだった。南に対抗心を燃やしていた後藤が、有志で彼のお見舞金を出したらどうかと言い出し、全員が賛同したくらい、ゲストたちは親切だった。

帰り際は、誰もが「美味《おい》しかった。また開催してください」と室田と伊勢に告げ、固く握手を交わしていた。

「そうね。皆さん、相良さんに刺激されていたんじゃないかしら。好戦的だけど、お酒に詳しくてカンも鋭くて。すごい人よね」

ゆったりと言ったあと、「相良さん、大丈夫かしらね……」と付け足す。

「香澄さんが連絡をくれますから」

「うん。オーバードーズなんかじゃないといいんだけど……」

隆一も、それが心配だった。

正輝が言っていたように、一時的な意識消失であることを願うしかない。

しばらくのあいだ、キュッキュッとガラスを磨く音だけが続いた。

ふと、聞くなら今だ、と内なる自分の声がした。

「あの、室田さん」

「なあに？」

「……ポールさんって、フランスから帰ってくるんですよね？　三軒亭に戻ってくるんですか？」

「ああ」と受けて、室田は「心配してたの？　自分はどうなるのかって」と、ズバリ言い当ててきた。

「あ、いや、その……」

しどろもどろになる隆一。室田は磨いているグラスから目を離さずに答えた。

「日本には戻ってくるけど、ここには戻らせないつもり」

想定外の言葉に、手が止まってしまった。

「はい、手は止めない」

「あ、すみません」

室田が小さく笑った。黙っているときのいかつさと、笑顔のやさしさとのギャップが半端ではない。

「ホント、分かりやすいわよね、隆一くんって。考えてることがすぐ顔に出る」

「うわっ」

手が滑りそうになり、慌ててグラスを支える。

「ちょっと、落として割ったら弁償してもらうからね。レンタルだけど高いわよ」

「はい！」

気合を入れ直してから、華奢《きゃしゃ》なシャンパングラスを磨く。

ほどなく、「……ポールはね」と室田が静かに語り始めた。

「三軒亭がオープンするときに、前に一緒にいた店から来てくれたの。でもね、彼には夢があったのよ。単なるギャルソンじゃなくて、メートル・ドテルになるって夢。フランスにおけるメートルは、総料理長と同じクラスのステイタスがあるからね。『どうせなら、大好きな日本のレストランでそれを目指したい』って前は言ってたのに、ここに来てから言わなくなっちゃって……。うちのような格式張らない店は、彼の器には小さすぎるのよ」

フロアの責任者、メートル・ドテル。ゲストの状態を観察し、ギャルソンたちを統括しながら自分もプレイヤーとなる、まさにフランス料理店の司令塔。接客態度やサーブの技術を競う大会まであるくらい、ギャルソンの世界は奥が深いのだ。

知識としてはあったが、自分がメートル・ドテルを目指そうなんて、隆一は思ったことがなかった。

「だから、別の店を紹介しようと思ってるの。グランメゾン・クラスの店をね。ポールなら引く手数多《あまた》だろうから」

ギャルソンを本気で極めようとしている実力派のポールと、三軒亭より大きな星付き店で修業して、いつか店が持てたら、などと一時は甘く考えていた自分。その志の違いに、隆一は打ちのめされていた。

僕はなんて、了見の狭い人間なんだ……。

何も言い出せずにいたら、「隆一くん、二十二歳だっけ？」と尋ねられた。

「はい」

「まだ迷う歳だよね」

一瞬だけ手を休めて、室田は遠くに視線をやった。

「昔の優也も、迷ってた時期があったのよね」

「伊勢さんが？」

うん、と首を振ってから、再び両の手を動かす。

「中学の頃からベースを始めて、高校時代はバンド活動に夢中で、横浜の自宅にもろくに帰らなくてね。あたしの姉、つまり優也の母親が嘆いてたわよ。あの頃、あたしも放蕩《ほうとう》中だったから、『弟も息子も頼りになんない』って」

「放蕩？」

「ああ、あたしの実家、横浜でレストラン事業をやってるでしょ。本当は長男のあたしが会社を継ぐはずだったのよ。でも、それが嫌でね。だって、どう考えても不自由になるじゃない。あたしは自由にお酒の魅力を追求したかった。だから、別のレストランに就職して、ソムリエの資格を取って。今は弟が実家の仕事を手伝ってるわ。いずれは弟が継ぐと思う」

どこかうれし気に、室田が目を細めた。

「で、優也の話ね。彼はバンドデビューを夢見てたんだけど、なかなか芽が出なくてね。でも、別の才能があったのよ。それが料理。あたしが連れてったフレンチ店の料理を、カンだけで再現してみせたの。かなり正確にね」

「それはすごい……」

「あたしもびっくりしたわ」

懐かしそうで、愛《いと》おしそうな表情。

きっと室田にとって、可愛くてたまらない甥《おい》っ子だったのだろう。

「優也は子どもの頃から名探偵ポアロシリーズが好きでね。特に料理場面がお気に入りで、そのページにだけ角に折り目がついてたの。アフタヌーンティーとかホットチョコレートとか。それから、ここでも出すエスカルゴや七面鳥、舌平目の料理。キドニーパイ（イギリスのパイ料理）ってなんだろうって、訊《き》かれたこともあった。美食家のポアロが食べる料理を、優也は作ってみたいって思ったらしいのよ。食べたいじゃなくて、再現してみたいって。それって作り手の発想よね。だから、あたしが働いてた恵比寿のレストランで、料理人の修業をさせたの。……吸収が早かった。その店にいた誰よりもね」

「それで、室田さんは三軒亭に出資したんですか？　伊勢さんの才能を見込んで？」

「そうね。まあ、条件のいい空き物件が三茶にあった、っていうのもあるけど。あとは、格式張った店にいるよりも、優也が目指そうとした店のほうが、やってて楽しそうだったからね」

伊勢が目指そうとした店。自分が作りたい料理を出すのではなく、ゲストが必要とする料理を出すビストロ。味は本格派だがサービスは規格外。どんな事情の客も受け入れるし、ギャルソンだって指名できる。まさに、今の三軒亭である。

室田さんも伊勢さんも、自らが選んだ道をしっかり歩いてるんだ。

それに比べて僕は……。

また自己嫌悪感が湧きそうになり、長い息と共にその想いを吐き出す。

「もしかして、自分にダメ出ししたくなった？」

室田が穏やかな声音で言った。

「……はい」

「他人と比較しちゃだめ。なんて説く人もいるけど、何かと比べないと、自分の大きさが分からないからね」

相変わらず室田は、両手を動かし続けている。

「いいじゃない。ダメ出しするならとことんやって、どん底までいけばいいと思う。底にいる小さくて情けない自分を見つけたら、きっと抱きしめたくなるはずだから。そこまで行けたらしめたモノよ。どんな自分でも受け入れられる。あとは上にあがるだけ」

なんとなく理解できそうで、完全な理解は難しそうな、観念的な言葉だった。

「誰だって、自分が何者なのか分からないのよ。迷ったり間違えたりするのが人間なんだからさ。若い頃は特にそう。やりたいことと、やれることが違う場合もあるしね。そのやれることが分かって、楽しめるようになって、極めようとしたのが優也かもしれない。だから……」

磨き終えたグラスをカウンターに置き、隆一に視線を移す。

「隆一くんも、もし別にやりたいことがあるなら、好きにしていいのよ」

ドキッとした。

この人は、何もかも見抜いている。おそらく、自分が他店に行こうか迷っていたことも。レストラン同士は繋《つな》がりがある。『ラ・ヴェスパ』で三軒亭のギャルソンがランチをしたことだって、把握しているのかもしれない。

「いえ、僕は三軒亭が……」

やっぱり好きなんです、と言いかけたとき、ポケットのスマホが振動した。

「あ、きっと香澄さんです！」

急ぎながらも丁重にグラスを置いてから、電話を受けた。

「もしもし？　南さんどうでした？　……え、入院？」

焦りながらしゃべる香澄の報告を聞き終え、丁重に礼を述べてから、隆一は室田と向き合った。

「南さん、病室ですぐに意識を取り戻したそうです。で、右足首を骨折しちゃって、今はその処置中らしくて……」

「ちょっと待って。なんで骨折？」

「あ、ショートカットしてすみません。南さん、特に異常は見受けられなかったらしいんです。一時的に気を失っただけだったんでしょうね。それで、帰っていいって言われて、急いで病院から出ようとして、階段から足を踏み外したらしいです」

「まあ……」と言ったきり、室田は二の句が継げずにいる。

「とりあえず、厨房《ちゅうぼう》の皆さんにも報告してきますね」


およそ十分後。スタッフ全員がフロアに集まっていた。

「まさかの展開だな」

正輝がメガネを中指で押さえる。

「でも、骨折だけで済んでよかったね。急性アルコール中毒だったらどうしようかと思ってた。ワイン会の案内状出したのオレだし」

「陽介。あたしのワイン会なんだから、勝手なことしないでよね。相良さんは面白い人だったから、今回はよしとするけど」

「すみません！　本当にすみません！　超すみません！」

陽介は両手を合わせて室田に謝っている。まるで仁王立ちした不動明王像を、拝んでいるかのようだ。

「右の足首か。しばらく不自由が続きそうだな。見舞いに何か贈ろうか」

髪を下ろした伊勢が言った。

すかさず陽介が「そうですね！　何がいいですかねー」と伊勢にすり寄る。

「あんたはホント、調子がいいわね」と室田が苦笑した。

でも、と隆一は思う。

きっと陽介は、自分のために南を呼んでくれたのだ。暴言を吐きまくった南と、それで気落ちしてしまった自分との仲を取り持とうとして。

「陽介さん、ありがとうございました」

「へ？　なんのこと？」と隆一を見た陽介に、「なんか、スッキリしました。いろいろと」とだけ答える。

本音だった。胸の中で雨を降らせていた黒い雲が、どこかに消えていった気がしている。南の華やかな部分だけ見て、嫉妬《しっと》めいた感情を抱いたこと。ポールが戻ってきたらどうしようか、密《ひそ》かに悩んでいたこと。すべては今、虹《にじ》の彼方《かなた》だ。

我ながら表現がクサいな、と自分にツッコんでから、隆一は思いついた言葉を口にした。

「南さんにお見舞いを贈るなら、よろこんでくれそうなものがあります」

皆の視線が集まってくる。

「宝石、って名前のアントレです」

「宝石？　ナニそれ」

キョトンとする陽介に、「実は、僕も意味がよく分かってないんですけど……」と答えてから、ワイン会で南が言っていた内容を一同に伝えた。できる限り正確に。

（山菜のフリットも悪くはないけど、やっぱりこの時季のアントレで一番ウマイのは〝宝石〟だよ。あの滑らかさ。香り。香澄にも食べさせたいなあ）

そう言って南は、香澄の指を撫《な》でていたのだ。

「宝石か……」と伊勢が腕を組んだ。「そう呼ばれる食材、意外と多いんだよな」

「そうね。たとえば、黒トリュフは高価だから〝黒いダイヤモンド〟って呼ばれるし、桜エビは海できらめく様子から〝海の宝石〟とも言われるし」

と室田が言ったあと、「まだありますね。栄養豊富な果物のアサイーは〝紫色の宝石〟です」と正輝が続けた。

「この季節が旬《しゅん》なものですよね。だったら、三月下旬から春漁が始まる桜エビなんじゃないですか？　桜エビ、めっちゃウマいんだよなー。生シラスと桜エビの組み合わせなんて、ホント絶品！」

「でも、この時季のアントレで、って、相良さんは言ったのよね。桜エビのアントレ、ないわけじゃないけど……」

　室田に意見され、陽介が「違うかあ」とつぶやく。

「宝石と名のつく食材は、ほかにもある」

　再度口を開いた伊勢が、言葉に力を込めた。

「南さんは、前菜の〝山菜のフリット・オランデーズソース〟を食べているときに、この時季のアントレで一番うまいのは〝宝石〟と言った。ということは……」

「と、いうことは？　なんですか伊勢さん」

　陽介が待ちきれないようににじり寄る。

「同じくオランデーズソースとの組み合わせが定番で、前菜として提供されるもの。それも、春が旬でフランスでも人気の食材といえば、〝春の宝石〟だ」

「春の宝石？」

　聞き返してしまった隆一に、伊勢は「ホワイトアスパラガス」と告げた。

「なるほど」と正輝が指を鳴らした。

「滑らかな食感と瑞々《みずみず》しい香り。その形容は、まさにホワイトアスパラガスに一致しますね」

「確かにそうね。フランスでは春野菜の代表格。茹《ゆ》でたアスパラをオランデーズソースで食べるのが、あっちではポピュラーなのよね。すっかり抜けてたわ」

ペチ、と室田が自分の額を叩《たた》く。

「そう言われると、ホワイトアスパラガスのことのような気がしますね」

ほぼ納得しかけていた隆一に、伊勢が「しかもな」とほほ笑みながら言った。

「長くて白く美しいから、〝貴婦人の指〟とも呼ばれているんだ」

「貴婦人の指？」

その瞬間、南と香澄のリア充なシーンが、隆一の頭をよぎった。

「だから南さん、香澄さんの指を触ったのかな」

「その可能性は高いんじゃないか？」

自信に満ちた伊勢の言葉に、疑問の余地がなくなった。

「春の宝石。貴婦人の指。それで間違いなさそうです。どうにかして、南さんに届けられないかな……」

「方法はあるよ」と伊勢が断言し、「サプライズランチにしたらどうかな」と自らのアイデアを提案し始めた。

何やら楽しそうな計画に、隆一の心は躍り出したのだった。


次の定休日、ランチどき。隆一は香澄と共に南の自宅へ向かっていた。

大田区《おおた》・田園調布《でんえんちょうふ》の高級住宅街にある南の家は、想像通りの豪邸だった。

敷地は高いレンガ壁で覆われ、駐車場にはベンツとジャガー。もう一台置けるスペースがある。二階建ての広大な家もレンガ造り。インターホンのついた玄関ドアの上部には、防犯カメラが設置されている。

「すごい家ですね！」

スーツケースをゴロゴロと引きながら、隆一は感嘆の声を上げた。オフなので制服ではないが、ダッフルコートの下には、制服に近いシンプルな黒シャツにパンツを着込んできた。

「でも、ご両親はお仕事でほとんどいないみたいよ。南くん、小さい頃から一人で過ごすことが多かったんだって。通いのお手伝いさんはいたけど、すぐ人が替わるから懐けなかったって、寂しそうに言ってた」

金持ちの息子ならではの孤独。

ドラマや映画でしか観たことのない、隆一にとっては非現実的なプロフィールだった。

「今日は、香澄がランチの用意するって言ってある。だから、今いるのは南くんだけのはずだよ。隆一くんのアイデアだって知ったら、驚くだろうなあ」

うれしそうに笑う香澄。てっきりモデルかと思ったのだが、都内の大学に通う三年生。しかも、農学部にいるそうだ。

ここに来る道すがら、「卒業後は新興国で農業の技術支援がしたいの」と照れくさそうに打ち明けてくれた香澄が、なんだか眩《まぶ》しかった。なりたい自分がハッキリと分かっている人は、誰もが眩しく見える。

「ワガママなお坊ちゃまだけどさ、カワイイとこもあるんだよ。本当はやさしい人だし」

南について語ったときの香澄は、飛び切り愛らしい表情をしていた。

お似合いの美男美女だなと、素直に思えたのだった。

ちなみに、南はさまざまな検査もしたが、身体機能に異常はなかったそうだ。三軒亭で意識を失った原因は、やはり正輝の言った〝一過性意識消失発作〟。つまり、骨折さえ治れば通常生活に戻れるのである。

インターホンを鳴らし、「来たよ」と香澄が言っただけで鍵《かぎ》が開く音がした。

その瞬間、とんでもない勢いで心臓音が鳴り出す。

なにしろ、相手は自分が来ることを知らずにいるのだ。室内から訪問者が見えているだろうから、ドアからも遠く離れて立っていた。

香澄は「大丈夫。南くんは隆一くんのこと本当は好きだから。よろこぶと思うよ」と、サプライズランチの段取りをしてくれたのだが、実際のところはどう展開するのか分からない。

「なにしに来たんだよ。俺が弱ってるとこが見たかったのか！」

などと怒声を浴びせられ、追い出される様子は容易に想像できる。

しかし、ここまで準備をしたのに、直前逃亡するわけにはいかない。協力してくれた伊勢たちにも、合わす顔がなくなってしまう。

「隆一くん、中に入らないの？」

香澄の無邪気な声に勇気をもらい、覚悟を決めた。

吹き抜けの玄関は、ただただ広かった。

何やら高そうな置物。艶《つや》めく大理石の床。生花が生けられた壺《つぼ》。

香澄は勝手知ったるとばかりに、シューズクローゼットから来客用のスリッパを取り出した。隆一の分も。

「お邪魔します」

心細げにつぶやいて、香澄のあとに続く。彼女は玄関のすぐ前にある階段をのぼっていく。隆一もずっしりとしたスーツケースと若干重くなっている心を抱えて、階段をのぼっていった。

二階には五部屋ほどの扉があり、その中の一つを香澄がノックする。

「開いてるよ」と南の声がした。

ますます心臓音が激しくなったが、もう逃げられない。

「お待たせー。すっごいランチ、用意してきたよ」

扉を開けた香澄が、はしゃぎ声を出す。

「あんま食欲ない」

南は不機嫌そうに答えている。

――ヤバい。機嫌が悪そうだ。やっぱり出直したほうが……。

「あのね、スペシャルゲストが来てくれたの。ねえ、早くおいでよ」

香澄に呼ばれて、おずおずと扉の中に入る。

「突然すみません」

「おわっ！」と、窓際のベッドに横たわっていた南が飛び起きた。「イテテ」

包帯が巻かれた右足を、床についてしまったようだ。

「南くん、立っちゃだめだよ」

香澄に両肩をそっと押さえられ、ベッドの縁に腰をおろす。スエットの上下にフリースの上着を羽織った南は、いつもよりぐっと幼く感じる。

「なにしに来たんだよ！」と、南が隆一を睨《にら》む。

「もー、怖い顔しないで。隆一くん、わざわざお見舞いに来てくれたんだよ。しかも、三軒亭からランチをデリバリーしてくれたの。三人で食べよう。ね？」

「……俺が弱ってるとこ、見たかったんだろ」

予想した通りのセリフだ。

「いえ、謝ろうと思って」

「謝るだと？　なにを？　謝るようなこと、俺にしたのかよ」

隆一は深呼吸をしてから、南に頭を下げた。

「すみません。僕、南さんのこと苦手でした」

頭を上げずに話を続ける。

「だから、三軒亭で初めて会ったときも、嫌だなって思っちゃいました。態度に出てたような気がします。本当にすみませんでした」

そう、伊勢と室田に言われて改めて思ったのだ。自分は、考えていることが顔に出てしまう、単細胞タイプなのだと。

「……頭、上げろよ」

「はい」

南と視線ががっちり絡まった。

「その通りだよ、隆一。お前は明らかに嫌そうな顔をした。俺の前から逃げ出そうとしたよな。尻尾《しっぽ》を巻いて、まるで負け犬のように」

やはり、原因は自分の心根と態度だったのだ。それが、神経の細やかな南を傷つけ、のちの暴挙につながったのだろう。

「……反省してます」

「だったら、今すぐここから消えてくれ」

「南くん！」と香澄が抗議の声を上げた。

「香澄さん、いいんです。今日はデリバリーに来ただけですから」

隆一はスーツケースに手をかけ、「宝石をご用意してきました」と告げた。

「宝石？」

南が怪訝《けげん》そうな表情を浮かべる。

「ええ。ワイン会でお二人の会話が耳に入ったんです。この時季のアントレで一番は〝宝石〟だと、南さんは話してました」

「おいおい、盗み聞きかよ」

「もう本当にやめて。あんな大声で話してたんだから、筒抜けになるの分かってたでしょ。隆一くん、南くんをよろこばせたい一心で、用意してくれたんだからね」

「へえ」と南が口を歪《ゆが》ませる。

「じゃあ、見せてもらおうか。その宝石とやらを。ズレたもんが出てきたら、大笑いできるからな」

何を言われても、気にならなかった。南が固い仮面を被《かぶ》っているだけであると、理解してしまったから。その下にある素顔を、直《じか》に見られないのは非常に残念だが。

「では、こちらのテーブルにセッティングしてもいいですか？」

ベッドの前にあるソファーセットに目をやった。ヒョウ柄のソファーに、木の猫足が着いたガラステーブル。小さめのテーブルだが、二人分の料理ならなんとか載せられる。

「ああ。楽しみにしてるよ」と言って、南はベッドに足を投げ出し、重ねたクッションに寄りかかって本を読み始めた。ブックカバーがしてあるので、なんの本かは分からない。

「隆一くん、あたしも手伝うよ」

香澄が申し出てくれたが、「大丈夫です。ソファーに座っててくださいね」と丁重に断り、スーツケースを床に置いて中を開いた。まずは、黒いエプロンを取り出して身に着ける。作業用の薄い手袋をはめてから、赤いクロスを取り出し、テーブルを覆う。その上に、ランチ用の保温ジャーといくつかの保温ポット、食器やカトラリーを次々と置いていく。

保温ジャーの蓋《ふた》を開けると、芳醇《ほうじゅん》な香りが部屋中に広がった。

「わあ、いい香り。これ、黒トリュフじゃない？」

と香澄が言った途端、南が本から目を離さずに笑い声を立てた。

「黒いダイヤを持ってきたのか。とんだ宝石違いだな。まあいい。セッティングが終わるまで待たせてもらうよ」

隆一は黙々と、ランチの準備を進めていった。

「お待たせしました。こちらへどうぞ」

隆一の声で南が本を閉じ、身体を起こしてベッド脇にあった松葉杖《まつばづえ》に手を伸ばした。

香澄が駆け寄って肩を貸す。

「せっかくだけど、俺が言った〝宝石〟は、黒いダイヤのことじゃないぞ」

意地悪な笑みを浮かべた南が、香澄に連れられてゆっくりと近寄ってくる。

隆一は二人に向かって口を開いた。

「本日のランチ。まずは〝黒トリュフのバターサンド〟。南さんのお好きなメゾンカイザーのバゲットを薄くカットし、黒トリュフのスライスと発酵バターを挟んで、パンの表面を軽く焼きました」

「香りの強いトリュフだな。悪くはないが、黒トリュフは食い慣れてる」

興味なさげに南が言う。まだテーブルの上のものが目に入っていないようだ。

「そして、もう一品。うちの室田が仕入れて、シェフの伊勢が丹精込めて作りました。〝春の宝石・オランデーズソース〟です」

はっ、と南が息を呑んだ。

松葉杖を動かし、急いでテーブルに近寄る。

「フランスから空輸されたホワイトアスパラガスです。レモン風味にボイルしてあります。シンプルなオランデーズソースでお召し上がりください」

横長の白い皿の上に、長さ二十センチほどの太くて立派なホワイトアスパラガスが二本。その上に隆一がトロリとかけたのは、マヨネーズ状の黄色いオランデーズソースだ。隣の皿には、黒トリュフのバターサンドが三切れほど載っている。どちらの料理も、保温してきたのでまだ温かい。

小さなテーブルには、二人分の料理がセットされていた。

「コーヒーと紅茶をポットでご用意してきました。カップもございます。どちらがよろしいですか？」

「ありがとう。香澄は紅茶がいいかな。南くんは？」

しばらく黙って立っていた南が、愉快そうに笑い出した。

「これはスゴい。春の宝石、貴婦人の指。完ぺきなランチじゃないか」

ソファーに座った南が、香澄のほうを向いた。

「すまないけど、地下のワインセラーからシャンパンを持ってきてくれないか。どれでもいい。シャンパングラスも置いてある」

「ええー？　南くん、怪我してるのに？」

「今日くらいいいだろ。この料理を食べれば、シャンパンが飲みたくなるに決まってる」

「分かったよ」

部屋から出ようとした香澄に、南が言った。

「グラスは三つだ。よろしくな」

二人きりになると、僅《わず》かな緊張感が漂ってきた。

間が持てなくなりそうで、そわそわしてしまう。

天井の高い南の部屋。四畳半ほどの隆一の部屋と比較すると、三倍はありそうなくらい広々としている。モノトーン主体のインテリア。ソファーとクッションだけがヒョウ柄で、クールなイメージの南にマッチしている。

大型テレビの横にある棚は、映画のＤＶＤだらけ。書物や台本もぎっしり詰まっている。

「ちょっと座ってくれないか」

南に言われたので、「はい」と対面のソファーに腰掛けた。

「こんなこと、言うつもりはなかったんだけど……」

と前置きしてから、南は真剣な顔で述べた。

「俺はさ、隆一が芝居を辞めちゃったのが、悔しかったんだよ」

「え？」

意外な言葉に、戸惑いを隠せなかった。

「正直、演技は未熟で話にならない。でも、情熱だけは人一倍あったように見えた。芝居も映画もよく観てたし、一緒に舞台に立ったときは、ほかの人のセリフも覚えているようだった」

南と共演したのは、オリジナル脚本の学園コメディだった。社会人となった主人公が、かつて一緒に甲子園《こうしえん》を目指した仲間の訃報《ふほう》を知り、主人公の回想形式で高校時代が描かれる。基本はドタバタコメディだが、ラストには涙するエピソードも盛り込まれた、評判のいい演目であった。

登場人物は三十人ほど。大人びた南は主人公の先輩役。隆一はセリフなんて少ししかない後輩役。それでも、全員のセリフを覚えていた。

いつでも代役します！　と意気込んでいたわけではない。純粋に台本が面白かったから、何度も読み込んでいるうちに、自然に覚えてしまったのだった。そんな話を、舞台の打ち上げで南にした記憶があった。

「そのやる気を買ってたんだよ。どんな風に成長していくのか、楽しみだった。なのに、芝居は辞めました、なんて未練なさそうに言うから、唖然《あぜん》としたんだよね」

だから攻撃的になってしまったのかと、隆一は腑《ふ》に落ちた気がした。酔っていたから、理由もなくいたぶったわけではなかったのだ。しかも、役者時代の自分のことを、ちゃんと見ていてくれた……。

「これはオレの持論だけど」

南の告白は続く。

「何かを本気で好きになれるヤツ。面白がれるヤツ。好奇心の尽きないヤツ。これが役者の才能だと思ってる。今は他人の意見や視線に流されて、自分が本当は何が好きなのかすら、分からないヤツが多いからな。そういう意味では、オマエには才能の片《へん》鱗《りん》があった。ちっぽけだけど」

「……才能？　僕に？」

純粋に驚いた。

役者の才能とは、他者になり切る憑依《ひょうい》能力。人前でも動じない度胸。隠してもこぼれてしまうオーラ。そういった、自分には縁のないものだと思っていたからだ。

「なんだよ、そのポカンとした顔。その鈍感さが、オレの嗜虐《しぎゃく》性を刺激したんだけどな」

……なんだかよく分からないが、褒めてくれた部分だけ拾っておこう。

「すみませんでした」と、再び南に詫《わ》びを述べる。

「いろいろあって、ギャルソンになるって決めたんです。舞台の上だろうと、店の中だろうと、目の前の人を楽しませるのは同じだって気づいたから。舞台がそうだったように、今は三軒亭が僕の居場所なんです」

はっきりと告げたら、自分の言葉に勇気が湧いた。

そうだ。三軒亭が僕の居場所なんだ。もう迷ったりなんてしない。

姿勢を正した隆一に、「俺も悪かったよ」と南は素直に謝った。

「このあいだのワイン会。ひたむきに給仕してる姿を見て、ちょっと見直した。本当のこと言うと、後輩の選択を素直に応援するべきだったなって、思ったんだ。逸《そ》れたと思った道が、実は正解だったことだって、十分にあり得るから」

「南さん……」

「だけど、テイスティングで熱くなっちゃったからさ。挙句の果てに醜態まで晒《さら》して。だから、こんな姿をオマエには見せたくなかった」

「勝手に押しかけちゃって、ホントすみませんでした」

隆一は再び頭を下げた。

「いいさ。ちょうど退屈してたし。ちゃんと〝宝石〟を持ってきてくれたしな。ありがたいよ。それに……」

「それに？」

「三軒亭の料理は、外さないからな」

　そう言って、南は口元を緩ませた。

「オマエの店、マジでスゲーよ。味もサービスも。いい店に入ってよかったな」

　固い仮面を外した南は、実に柔らかいほほ笑みの持ち主だった。

「ありがとうございます」

　マジでスゲーよ。──南に認められると、ことさらうれしい。

　自分の選択は間違っていない、と改めて思った。

　この先、また心が揺れる出来事があるかもしれないし、もっとみっともない自分を見るかもしれない。それでも、すべてを受け入れられるように努力していこう。もがいてもあがいても、心の赴くままに何かを選び続けていくのだ。人間らしく。

　スッと視線を外した南が、表情を改めた。

「俺もまだまだだから。このあいだの舞台は悔いが残った。次こそは、きっちり結果を残す。まあ、足が治って、次のチャンスがあったらだけど」

　きっとある。いや、南なら自分でチャンスを作り出せる。そんな予感がした。

「まさか足首の骨を折っちゃうなんてなあ。横暴に振る舞ったから、バチが当たったのかもな」

苦く笑んだあと、彼は隆一を真っすぐに見つめた。

「お互い、選んだ道を突き進もうな」

「はい。僕も南さんを応援します」

握手、なんて交わさなかったけど、何かを交わせたような気配が、確かにした。

「なーんて、しおらしい態度を取ると思ったか？　この俺が」

「はい！」

「……まだまだ甘いな、隆一は。バカとピュアは常に紙一重だ」と南が笑い飛ばす。

いつも通りの不敵な笑顔だが、まったく不快ではなかった。

「ねえ、クリスタルがあったよ」

タイミングを計ったかのように、シャンパングラスとボトルを手にした香澄が入ってきた。部屋の前で様子を覗《うかが》っていたのかもしれない。

「南くん、これでいい？　飲んじゃって大丈夫？」

「ああ、ベストセレクトだ。隆一、注《つ》いでもらえる？」

「もちろんです」

立ち上がった隆一に、香澄がまばゆいゴールドのボトルを差し出す。コルクをポンッと抜き、三つのグラスに細かな泡に満ちた黄金色の液体を注いでいく。

「今日は隆一も飲んでくれるよな？」

「はい、いただきます。今はプライベートなので」

「じゃあ、乾杯だ」

南がグラスを高く掲げた。隆一と香澄も同様に掲げる。

「何に乾杯するの？」と香澄が尋ねてきた。

「春の宝石に」

即答した南と乾杯をする。三つのグラスが合わさり、チンと軽やかな音が響き渡った。

隆一はひと口飲んで、「うまい……」と唸《うな》ってしまった。

熟れた葡萄《ぶどう》の力強いコクと適度な酸味。ハチミツを想像させる甘みとフルーティーな香り。それらが一体となって、爽《さわ》やかな泡と共に喉《のど》へ落ちていく。

「なんだよ隆一、クリスタル飲むの初めてなの？」

「こんな高いシャンパン、飲む機会なんてないですよ。お店にだって、普通はメニューに載せてないし」

「そっかー。このあいだはワイン会だったから出してくれたのね」

「ええ。あの日は飲み物も料理も特別でした」

「でもさ、ちょっと無理してでも、いいもんは味わっておいたほうがいいんじゃないか。勉強になるから。……なんて、俺みたいなボンボンに言われたくないよな」

「南くん、分かってきたじゃん。自分の嫌味っぷり」

「うるせっつーの」

皆が高揚している。ごく自然に頬が緩んでいく。

これがプレステージ・シャンパンの魔力なのだろうか。

「三人で料理をシェアしよう」と南に提案され、隆一の分も予備の皿によそった。

ソファーに南と並んで座った香澄が、料理に目を輝かす。

「宝石って、ホワイトアスパラガスのことだったんだね。めっちゃ美味《おい》しそう」

「食べてみな。絶品だから。白金高輪の老舗フレンチ店のスペシャリテだ。あそこが一番うまいと思ってたんだけど、伊勢さんが作ったんだから間違いないだろう」

三人で一斉に、ホワイトアスパラガスをひと口食べた。

「……美味しい！　アスパラがジューシーで、ソースもクセがなくて」

「ああ。やっぱりシャンパンに合うよな。春の味だ」

香澄と南が満足そうにグラスを傾ける。

隆一も口内にあふれ出すアスパラガスのエキスと共に、至福感を噛《か》みしめる。柔らかすぎず固すぎない絶妙な歯ごたえ。まろやかで黒コショウのきいたオランデーズソースが、アスパラの程よい苦みと相まって、いくらでも食べ続けられそうだ。

「……うわ、トリュフサンドも最高！　香りが濃厚で、バゲットは皮がサクサク。発酵バターの味もしっかり伝わってくる。これ、どこのバターだろ？」

トリュフサンドを齧《かじ》った香澄が、首を傾げた。

「分かった、フランスの〝エシレ〟だ」

ひと口食べて、南が断言する。

「違います。日本の〝カルピス〟です」

すると南は、真っ白な歯を覗《のぞ》かせた。

「日本産だって、フランスに負けてないんだな。バターもワインも」

その通り。と内心で相槌《あいづち》を打ち、隆一もトリュフサンドに手を伸ばした。

ああ、本当にうまかった。人生の中で五本の指に入るくらい、美味しいランチだった……。

極上の料理とシャンパン。そして、素顔の南との本音トーク。隆一は、夢心地のまま店に戻った。

ビルの五階でエレベーターを降り、三軒亭の扉を開ける。中で伊勢と室田が待っているはずだ。二人は定休日にもかかわらず、ランチの用意をしてくれたのだった。

フロアにはひと気がない。厨房《ちゅうぼう》にスーツケースを置きに行ったが、そこにもいない。

では、スタッフルームか、と隆一がドアに近寄ると、中から伊勢の声が漏れてきた。

「どうして？　どういうことなんだっ？　まさか再発したのかっ？」

　切羽詰まった言い方。今まで聞いたことがないほど緊迫した声だ。

「優也、考えすぎよ」と室田が言った。

「すまん、オレにも分からないんだ」

　知らない男性の声。一体何者なのだ？

　ドアの隙間から中を覗いてみた。金髪で背の高い男性が、伊勢と向き合って立っている。日本人だ。赤い革ジャンにジーンズにブーツ。ギターケースが脇に置いてある。

　横向きに立つ二人の手前に、室田の後ろ姿が見える。

「……マドカ」と、伊勢がうめくように言った。ノートを手にしている。ボルドー色をした革表紙の厚いノート。まるで翻訳ミステリー小説のようなそのノートに、隆一は見覚えがあった。

　マドカ。伊勢の元恋人。イラストレーターの卵だった彼女の作品集だ。

　伊勢がスタッフルームでたまに眺めているのを、隆一は知っていた。きっと、肌身離さず持ち歩いているのだろう。

「……後悔してるんだよ。なんで病気に気づけなかったのか。もっと自分にやれることがあったんじゃないかって……」

「優也のせいじゃないわよ」

「本当にすまない。オレが余計なことをしたからだ」

「タケトくんのせいでもないから」

タケト、と呼ばれた金髪男性と伊勢を、室田が必死になだめようとしている。

一体、何が起きたのだろうか？

「……俺とマドカとの糸は、切れてしまった」

伊勢の暗い声。今まで聞いたことのない、低くて重々しい声だ。

その瞬間、隆一の心臓が激しく動き出した。

「キッシュだって、もう食べてもらうことはないだろう。だから考えてもしょうがない。それは分かってるんだよ。でも……」

少しの間があって、また苦し気な声がした。

「もし、あのときに。マドカとエルと暮らしていた頃に戻れたならって、繰り返し考えてしまうんだ……」

肩を落とし、ノートを握りしめる伊勢。

「優也。力になれなくて本当にすまん」

「……いや、こちらこそ悪かった。せっかく来てくれたのに」

伊勢がタケトに頭を下げる。

「そうよ。タケトさん、アメリカから帰国したばかりなんでしょ。ごめんなさいね」

「いや、早く優也に報告したかったから」

「ギターのお仕事、忙しいの？」

「まあ、貧乏ヒマなしってやつですね。またスタジオに戻らないといけなくて……」

室田とタケトが話題を変えた。

隆一はずっと聞き耳を立てていたい衝動を抑え込み、忍び足でその場を離れた。厨房に戻り、スーツケースの中身を取り出して流しに置く。エプロンをつけて皿を洗い、動揺していた心を落ち着ける。

タケトという男性はギタリスト。アメリカから帰国したばかり。伊勢と室田とは、かなり親しいようだった。そして、マドカは今、アメリカにいるはず。三人がマドカの話をしていたのは間違いない。彼女の身に何か起きたのだろうか――？

隆一は、伊勢とマドカの悲恋話を思い起こしていた。

心臓病を患い、伊勢の元を離れたマドカ。

彼女は真実を隠し、わざと気持ちが冷めた振りをし続けて、黒いパグのエルを連れて家を出た。栃木の実家で静養するためだ。

しかし、実家の都合でエルを連れていけなくなり、病院で知り合った友人の浅井《あさい》小百合《さゆり》にエルを預けた。

小百合も心臓に疾患があったのだが、人工弁で完治させていた。かつてはリサイタルも行うほどのピアニストだったのだが、現在は世田谷線・三軒茶屋の隣駅、西太子堂《にしたいしどう》の一軒家でピアノ教室を営んでいる。

その小百合がエルを連れて三軒亭に現れたのは、二カ月ほど前のことだった。伊勢の店だとは知らずに立ち寄った彼女は、正輝にシェフの名を聞き、逃げるように立ち去った。マドカから、『伊勢には何も言わないでほしい』と頼まれていたからである。

マドカを探していた伊勢は、店に入らずに出ていった小百合をマドカだと思い込み、必死であとを追った。

「マドカ！」と叫び、黒髪を振り乱して、三茶中を探し回った。

しかし、見つけられないまま店に戻り、そのまま呆《ほう》けた状態になってしまったのだ。

料理の付け合わせを盛り忘れる。食材をこぼす、皿を落とす、グラスを割る。発注をミスし、物を失《な》くす……。

伊勢を心配した正輝が中心となり、隆一と陽介もパグを連れた女性の行方を捜索した。ヒントになったのが、とあるペットショップで購入されたらしき、ハート形のトルコ石つきの首輪。エルがつけていたものだ。

その結果、女性の正体が小百合であることと、パグの本名がエルキュールであることが判明。正輝が、「エルキュール・ポアロにちなんだ名をつけたのは伊勢」と推測し、隆一は単身で小百合の元を訪れた。そして、彼女にすべての事情を打ち明けた。小百合をマドカだとカン違いした伊勢が、腑《ふ》抜《ぬ》け状態になってしまったこと。自分と、今日は来られなかった先輩の正輝と陽介が、恩人の伊勢のために必死でマドカなる女性を探したことも。

すると小百合は、マドカと伊勢の関係や、これまでの経緯をすべて告白し、マドカと連絡を取ってくれたのだった。

そのとき、アメリカの叔母《おば》の家に滞在していたマドカは、伊勢宛《あて》に小包を送ってくれた。自分が隠し事をしていたことと、今も元気でいることを、伊勢に伝えるために。

〝清水真登香《しみずまどか》〟の名で届いた小包の中には、ボルドー色をした革表紙の厚いノートが入っていた。スタッフルームで伊勢が手にしていたノートだ。

伊勢が練習も兼ねて作った料理を、マドカがイラスト化した作品集。カラフルでポップなイラストには、ひと言コメントが添えられていた。

隆一は、その一部を克明に覚えている――。

『子羊ロース肉のロティ』最初の料理。ちょっと焦げた（笑）
『フォアグラの赤キャベツ包み』彩りがキレイ。素敵な味。
『甘鯛《あまだい》のブールブランソース』少し酸味が強めかもしれない。

『エスカルゴの香草バター・パイ包み』大ヒット。ポアロの好物。
『塩豚のキッシュ・ロレーヌ』キッシュ大好き。また食べたい！
『イカとイカ墨のラタトゥユ』黒い。こんな料理、初めてだよー
『牛ロースのキドニーパイ』ポアロの料理シリーズ。美味でした。
多い月も少ない月もあったが、一年以上にわたって綴《つづ》られた愛の記録。
最後に、再びキッシュのイラストが描かれ、その下にコメントがあった。
これが最後のキッシュ。もう食べられないと思うから。
ウソついててごめん。今まで本当にありがとう。
巻末のページには、真新しいペン文字でこう書かれていた。
お店の夢を叶《かな》えたんですね。おめでとう。
素晴らしいスタッフさんたちに囲まれているようで、なんだかうれしいです。
私は今、アメリカにいます。お互いに、これからも夢を追い続けましょう。

――それは、今でも伊勢を想う、マドカの嘘だった。

彼女は、心臓移植の手術を受ける直前だったのだ。

成功率は、高くなかった。あったのは、ひと筋の希望だけ。

「彼が心配してしまうから、元気でアメリカにいるとだけ伝えて」と、小百合はマドカから頼まれていた。

だから隆一は、正輝と陽介と共に、マドカの嘘を守り抜いた。

「マドカさん、実家に帰って治療に専念したんです。治って元気になって、アメリカの親戚《しんせき》の家で暮らしてるんですって」

そう伊勢に告げて、涙をこらえながら笑ってみせた刹那《せつな》、隆一には美しい幻が見えた。

若かりし伊勢とマドカが、食卓を囲んでいる。マドカの膝《ひざ》には、まだあどけない子犬のエルがいた。短い尻尾《しっぽ》を振りながら、幸福に満ちた食卓の匂いを嗅《か》いでいる。

「本当に、本当に、元気になったんです」

それは、隆一が短い役者人生の中で、一番だと思える渾身《こんしん》の芝居だった。

　そこで納得できたからこそ、役者を目指す道から降りることができたのだ。

　信じてくれた伊勢は、「よかった」と安堵《あんど》の涙を流した。

　室田も同様に信じてくれたのだが、マドカの手術が成功したのかどうか、隆一は知らない。小百合からも、まだ連絡は来ていない――。

「じゃあ、また何かあったら連絡するから」

　タケトの声がし、三人の足音が聞こえた。厨房《ちゅうぼう》から出ていこうか迷ったが、洗い物を終わらせることにした。他人の自分が関わっては、いけない話題だった気がしたからだ。

　しばらくして、伊勢が厨房に入ってきた。

「ああ、戻ってたのか」

　いつものように冷静な表情。

「はい」

　洗い物を中断し、伊勢にお辞儀をする。

「今日はありがとうございました。南さん、すごくよろこんでくれました」

「そう。よかったな」

　静かにほほ笑むその顔が、酷《ひど》く哀しそうに見えた。

「優也!」と室田が厨房の扉から顔を出した。「タケトさんの忘れ物!」

黒革のペンケースのようなものを手にしている。

「電話してみたんだけど繋《つな》がらなくて」

「あいつのピックケースだ」

伊勢が言うや否や、隆一はエプロンを外して室田に駆け寄った。

「僕、追いかけて届けてきます!」

「え? でも……」

「さっき、お顔を見かけました」

「タケトくん、バイクなのよ。これから下高井戸《しもたかいど》の自宅に戻るって」

う、と一瞬だけ怯《ひる》んだが、これは賭《か》けだと思った。追いかけて話ができたら、マドカについて何を話していたのか、タケトに訊《き》いてみるのだ。

「とりあえず、行ってみます。春の宝石のお礼に行かせてください」

室田が伊勢と顔を見合わせる。

「……下に降りていなかったら、すぐ戻ってきて」

伊勢が言った。

「はい!」

ギターのピックケースを握り、店を飛び出した。エレベーターがすぐに来たので乗り込み、一階を目指す。いつもより降下速度が遅く感じる。

扉が開き、ビルの外に出た。周囲を見回したが、バイクもタケトの姿もない。

急いで路地を走り抜け、世田谷通りを目指した。下高井戸に向かったのなら、世田谷通りを環状七号線方向に直進していくはずだ。

隆一はキャロットタワーの前に立った。二車線の車道はどちらも渋滞している。歩行者用の信号は点滅中。向こう側の道路に視線を走らせる。信号待ちをしているメタリックレッドのバイクが目に入った。赤い革ジャン、赤いヘルメットから覗《のぞ》く金髪。ギターケースを背負っている。

「タケトさん！」

大声で叫んだその瞬間、歩行者用の信号が赤になり、バイクは走り出してしまった。隆一も環七方向に歩道を走った。しかし、渋滞中の車の真横を、バイクはハイスピードで爆走していく。

追いつくわけがない。賭けに負けたか。

いや、まだ分からない。このまま足が止まるまで走ってみよう。

何かに急《せ》き立てられるかのように、隆一は両腕と両足を動かし続ける。世田谷通り沿いを歩く人々のあいだを、縫うように走り抜ける。

途中でぶつかりそうになった人に何度か謝りながらも、猛ダッシュを続けた。

やがて、見慣れたペットショップが視界に入った。エルの首輪を頼りに、小百合の住まいを探し当てた店だ。あのときだって、一縷《いちる》の希望を頼りに粘った結果、賭けに勝ったのだ。

奇跡は何度でも起きる。起こしてみせる！

――そして、本当に奇跡が起きた。

環七の手前の信号付近で、何かの工事をしていたのだ。

上りと下りを交互に通行させる、片側交互通行。制服姿の交通誘導員が、下高井戸方向の下り車道を制御している。タケトのバイクも足止めを食らっていた。

「タケトさん！」

と叫んだつもりだったのだが、声が出ない。心臓が破裂しそうになっている。

止まってしまいそうになった手足に力を入れ、隆一は世田谷通りと環七の交差点を渡った。規制が解除され、タケトがエンジンをかける。そのバイクの前に飛び出して、両手を広げた。

「お、お忘れ物、で、す……」

肩でゼエゼエと息をしながら、ピックケースを赤いメットの前に突きつける。

タケトがエンジンを切ってメットを脱いだ。

「あんた、アホだろ」

そう言ってタケトは、ニヤリと笑った。

バイクを路肩に停めたタケトに、これまでの事情を話す。自分がなぜ、アホのように走ってきたのか。伊勢のこと、マドカのこと、小百合との事情。三軒亭で会話の断片を聞いてしまったことも。

ただひとつ。マドカが心臓移植の手術を受け、その結果がまだ分からないことだけは、言わないでおいた。タケトもマドカは病を治してアメリカに渡ったのだと、信じていたようだった。

「隆一くん、ね。話は優也から聞いてるよ。マドカちゃんの行方、探してくれてありがとう。優也が感謝してたよ」

タケトはまだ呼吸の荒い隆一に、すべてを打ち明けてくれた。

彼は伊勢のバンド仲間だった。伊勢がベースでタケトがギター。長い付き合いらしい。今はスタジオミュージシャンをやっているそうだ。

「実はさ、優也からマドカちゃんの居場所が分かったって聞いたあと、レコーディングの仕事でロサンゼルスに行くことになったんだ。昨日の便で帰国したんだけど、帰る前に時間ができたから、マドカちゃんの滞在先に寄ってみたんだよね。優也に住所を聞いて」

そういえば、と隆一は思い出していた。マドカから届いた小包に、アメリカの住所が記載されていたことを。

「優也はそんなことしなくていいって言ったんだけど、オレもマドカちゃんに会いたかったからね。滞在先はロス郊外の一軒家だった。そこの玄関先で、マドカちゃんの叔母《おば》さんと話をした。オレは日本の知り合いだって叔母さんに言ったんだ。でも、証拠はあるのかって聞かれちゃって。考えてみたら、証拠なんてなんもなくてさ。不審者だと思われたんだろうな。あっちはいろいろと物騒だから。それでも、免許証やらパスポートやらを見せて、怪しい人間じゃないことだけは理解してもらった。そしたら、叔母さんが言ったんだ」

タケトの表情が暗くなる。

隆一は不吉な予感で震えそうになった。

「『マドカは旅に出ました』って」

……旅に出た？　どういう意味だ？

まさか、心臓移植が成功せず、この世から旅立った……？

「それから、『いつ帰るかまだ分からないけど、あなたが来てくれたことは伝えます』って言われた。どこに旅しに行ったのか、教えてはもらえなかった。だから、叔母さんに自分の連絡先を教えて、マドカちゃんが帰ったら連絡してほしいって、伝えてもらうことしかできなかったんだ。……優也には直《じか》に話したかった。オレの帰国を待ってたはずだから」

（どうして？　どういうことなんだっ？　まさか再発したのかっ？）

伊勢の声が脳内再生された。

心臓移植手術の件を、伊勢は知らない。元気になったと信じていたはずだ。だから、再発したのではないか、と考えたのだろう。

そして、隆一と同じように思ったのかもしれない。

――旅立った先は、天国なのではないかと。

「……ありがとうございました。話が聞けてよかったです」

小さく言った隆一に、タケトは困ったような顔をしてみせた。

「優也に言われた通り、行かなきゃよかったかなって、今は思ってる。でも、行った以上は、そこで聞いたことを正直に伝えたかった。まさか、そこにマドカちゃんがいないなんて、思ってもいなかったよ。余計なお世話だったよな……」

視線を落とした彼に、隆一は力強く告げた。

「僕が事実を確かめてみます」

おそらく、それができるのは自分だけだ。

伊勢とマドカを繋《つな》ぐ人物。小百合。伊勢はきっと、自分から小百合に連絡して、マドカのことを尋ねたりなどしないだろう。

(俺とマドカとの糸は、切れてしまった)と、先ほども嘆いていたのだから。

タケトに別れを告げ、三軒亭の方向に歩きながら思考した。

マドカの叔母は、タケトに真実を隠している。

本当は、心臓移植手術で入院したはずなのに。

旅に出た、とはどういう意味なのか?

やはり、手術が失敗して……。

決めつけるな、確かめろ。

真実を知るのは恐ろしいけど、勇気を出すんだ。

あんなにもマドカさんを想い続けている、伊勢さんのためにも。

自分に強く言い聞かせて、隆一は立ち止まった。

ポケットからスマホを取り出し、小百合にメールを打つ。

とてもとても、長いメールだった。

エピローグ

桜吹雪が舞う四月の夕刻。

三軒亭が入ったビルの前で、一人の女性が佇《たたず》んでいる。緑色のロングカーディガンを羽織ったその人は、隆一が連絡をした小百合だった。細身で物静かな雰囲気の女性だ。年齢はおそらく三十代前半。

肩から下げた紺色のキャリーバッグから、パグのエルが黒い頭を覗《のぞ》かせている。茶革の首輪についたハート形のトルコ石が、夕陽でキラリと光った。

隆一は急いで小百合に近寄り、声をかけた。

「来てくれたんですね」

振り向いた小百合が、やさしく笑った。

「遅くなりました。地方出張で飛び回ってたんです。やっと、エルを伊勢さんに逢《あ》わせてあげられます」

エルの小さい鼻がフンフンと動く。ターゲットは、隆一の抱えていた焼きたてのバゲットだ。

「あの……」

マドカさんの手術は、どうなったんですか？

真っ先に尋ねたかったのだが、躊躇《ちゅうちょ》してしまった。

その結果を、小百合はもう知っているはずだ。

隆一は小百合に送ったメールに、タケトから聞いた内容を綴《つづ》ってあった。そして小百合の返信には、『私が確かめてみます。まだマドカさんからは連絡がないけど、彼女に電話をしたときに叔母様とも話しているので、私には本当のことを教えてくれるはずです。その報告も兼ねて、三軒亭に伺います』とあったのだから。

「あー、小百合さん！　小百合さんですよね！」

ビルのエレベーターの扉が開き、中から陽介が走り出てきた。

「ギャルソンの陽介さんです」と隆一が言うと、小百合が「こんにちは。隆一さんからお噂は聞いてます」とほほ笑む。陽介と正輝は、小百合が初めてここを訪れたとき、マスクをした彼女と一瞬会っただけだった。ちゃんと顔を見て話をするのは、これが初めてだ。

「自分も隆一から話は聞きました。お待ちしてたんですよ。まだかなーと思って、おりて来ちゃいました。伊勢さんとソムリエの室田さんは、町内会の打ち合わせに出てるんですよ。すぐに帰ってきますから、店で待っててください。おお、キミがエルちゃんだね。おやつ用意してあるよ。あ、小百合さんもよかったら食事をしてってください。あと三十分もすればオープンしますから」

陽介が早口でしゃべるので、マドカの手術について訊《き》くタイミングを失った。そのままエレベーターに乗り込み、五階へあがる。陽介は「エルちゃん、美人さんだねー」と、しきりにエルに話しかけている。エルは舌を出し、激しく尻尾《しっぽ》を振っている。

五階に着いてエレベーターの扉が開くと、店の前で正輝が姿勢よく立っていた。

「浅井様、お待ちしておりました」

隆一が正輝を紹介したら、「正輝さん。お逢いできてうれしいです」と、小百合は本当にうれしそうに言った。

「こちらにどうぞ」

正輝がガラス扉で仕切られたバルコニー席に小百合を通す。

「ブランケットをお使いください」と、隆一が赤のブランケットを手渡す。

「小百合さん、何かお飲み物をご用意しましょうか？　ワイン、紅茶、コーヒー、お好みはありますか？」

陽介に問いかけられ、小百合が「アルコールは苦手なんです。紅茶をください」と答える。

「承知しました！」

勢いよくラウルのポーズを取り、陽介がバルコニー席から出ていく。隆一から預かったバゲットを持って。

「張り切ってるな」と正輝がつぶやき、小百合が「面白いかたですね」と笑う。

「あのですね、伊勢さんは今、町内会の打ち合わせでして……」

「さっき陽介さんから聞きました。室田さんと一緒だって。すぐ戻ってきますよね？」

すかさず隆一が正輝に確認した。

「ああ、二人には何も言ってないから」

小百合とエルの訪問を、伊勢たちには告げていなかった。サプライズで伊勢を元気づけるのが、今回の目的のひとつだったからだ。

「エルキュールちゃんに、お水をご用意してあります。あと、こちらは自家製のビーフジャーキーです」

正輝は犬用の水入れと、小皿に入ったビーフジャーキーをフローリングの床に置いた。このジャーキーは残り肉でギャルソンたちが作るようになった、ペット連れ客に好評な逸品である。

「わあ、ありがとうございます。エル、よかったね」

小百合が膝《ひざ》に乗せていたエルを床に置くと、エルはジャーキーの皿に顔を突っ込んだ。ハグハグと音を立てて中の乾燥肉を食べている。

「ペットさん用のお食事もあるんですよ。伊勢さんが戻ったらお出しできます。浅井様もお食事をされていかれますか？」

「すみません。今夜はちょっと……」と伏せた小百合の目元が、陰った気がした。

まさか、マドカの身になにか……。

いや、すぐにネガティブ思考になるのは、隆一のクセのようなもの。気のせいだ。

その証拠に、小百合はもう明るさを取り戻している。

「でも、こんなビストロが近くにあるなんてうれしいです。犬友さんたちにも教えて、次は食事に来ますね」

「ご予約はお早めにしていただいたほうが、確実かもしれません」

正輝が言い終えた直後に、陽介が紅茶のポットとカップをトレイで運んできた。

「アールグレーでございます。桜のマカロンも食べてみてくださいね」と、二個のマカロンが載った小皿をカップの隣に置く。

淡い桜色をした半円型の生地に、ピンク色のクリームがたっぷりとサンドされているマカロン。生地の上にあしらっているのは、桜の塩漬け。この時季にだけ提供する、春の限定スイーツだ。

「ステキ。桜の香りが濃いですね」

「生地にもクリームにも桜が入ってるんですよ」と隆一が説明した。

「食べるのがもったいないくらい、可愛いです」

ビーフジャーキーを平らげていたエルが、次はマカロンにロックオンしている。テーブルの下からじっと見上げる目。額の八の字のシワに覆われているせいで、泣いているようにも見える。クンクンとうごめく黒い鼻が可愛らしい。

隆一が小百合の家を訪れたとき、持参していた伊勢のハンカチに突進したエル。懐かしい伊勢の匂いにしがみつき、尻尾を振った姿が今も忘れられない。

「犬は飼い主の匂いを忘れない。視覚じゃなくて嗅覚《きゅうかく》で記憶するらしい」と正輝が事前に言っていたが、本当に覚えていたのかと、隆一はいたく感動した。

エルの中には、伊勢とマドカと暮らした日々の幸福な匂いが、今でも充《み》ちているに違いない。

マカロンを齧《かじ》って紅茶をひと口飲み、おいしい、と感嘆した小百合に、「あの、伊勢さんが帰ってくる前に聞いておきたいんですけど……」と、隆一が話を切り出した。

「マドカさんのことですよね。まずはご報告します」

小百合はティーカップをソーサーに戻してから、息を吸い込んだ。

「マドカさん、手術成功しました」

うおー！　と、陽介が両の拳《こぶし》を突き出した。ゴールを決めたサッカー選手が、観衆に向かってやったかのように。

正輝は食い入るようにマドカを見つめている。

「本当、なんですよね？」

隆一の声音には、多少の疑念が入っていたかもしれない。伝聞ではなんとでも言える。嘘なのか誠なのか、確かめようがない。

「本当です。マドカさんの叔母《おば》様にお電話で聞きました。伊勢さんのご友人は男性で派手な方だったらしいので、本当に知人なのか怪しんでしまったそうです。それで旅に出たと誤魔化してしまった。私には病院名も教えてくれましたよ。術後に感染症になりかけて、しばらく入院していたそうです。でも、もう退院して叔母様の家に帰ってきたって。……ほら」

小百合はバッグからスマホを取り出し、テーブルの上に置いた。

女性が映っている。

真っ白なニットを着た、ベリーショートの華奢《きゃしゃ》な女性。幼女のように無垢《むく》な笑顔で、右手でピースサインを送っている。

おそらくノーメイクだが、睫毛《まつげ》が長くて唇には艶《つや》があり、頬にはクッキリとしたえくぼがある。黒目がちの瞳《ひとみ》から伝わってくるのは、しなやかな優しさと、毅然《きぜん》とした強さ。清楚《せいそ》で愛らしく、どこか浮世離れしている。

もしも天使がいるのなら、こんな顔をしているのではないか、と隆一は思った。

撮影場所は室内。アメリカ映画で見かけるような、カントリー調の大きな家。暖炉に薪《まき》がくべられ、その前でラブラドールらしき犬が寝そべっている。

彼女――マドカは、左手でファンシーな模様のカードを持っていた。英文が書いてある。


――To Madoka I'm really happy to have you back.

「マドカへ。帰ってきてくれてうれしい。――日付も入っていますね。おとといだ」

さらりと、でもうれしそうに正輝が言った。

「叔母さんが贈ったカードみたいです。これを伊勢さんに見せれば、問題解決ですよね。マドカさんは長期の旅から帰ってきた、って言えばいいんですよ」

小百合の笑顔に、心底ホッとした。

「よかった。僕、今度こそ安心しました。帰国はされないんでしょうか？」

「まだ定期検査があるから、半年くらいは戻れないそうです。でも、帰ってくると思いますよ。そしたら……」

足にまとわりついていたエルを、小百合は膝にのせた。

「ここにも来る。伊勢さんのキッシュを食べに。私はそう信じてます」

ね、エル？ と声をかけられ、エルはハアハアと舌を出した。

笑っている。

根拠はないけど、そう確信できた。

ワンワン！

いきなりエルが強く吠《ほ》え、小百合の膝から飛び降りた。

「あっ、エル！ 待って！」

小百合の制止も聞かず、リードを引きずったままガラス扉に突進していく。

ガラスを前足で引っかき、クーンと切ない声で鳴く。

店の入り口が開き、コートを着た伊勢が入ってきた。後ろには室田がいる。

堪《こら》えきれずに、隆一はガラス扉に駆け寄った。扉を開いてエルを自由にした。

「エル！」

伊勢が叫び、エルが駆けていく。

走り寄った伊勢の手前でエルがジャンプをし、宙を飛んだ。

ピンと伸びた前足と後ろ足。一心に伊勢を見ている。

さっきまでの笑顔が、くしゃくしゃの泣き顔に変わった。

まるで、スローモーション映像を眺めているようだ。

大好きな人の腕に飛び込んだエルが、首を伸ばしてその人の顔を舐《な》める。

フンフンと鼻を鳴らし、千切れんばかりに短い尻尾《しっぽ》を振っている。


逢《あ》いたかった。逢いたかった。逢いたかった。

いい匂い。いい匂い。いい匂い。懐かしい匂い。

うれしい――。


聞こえないはずの、エルの声が聞こえた。


「……ずっと待っててくれたのか。ごめんな。大きくなったな……」

エルを抱きしめた伊勢が、肩を震わす。エルがクンクンと頭をこすりつけ、その頭を伊勢がゴシゴシと撫《な》でる。よろこぶ尻尾の動きが、さらに加速していく。

その姿は、再会を果たせた親子そのものだった。

気づいたら、周囲の誰もが鼻をすすっている。

隆一の視界もぼやけて、何も見えなくなった。

それからバルコニー席で小百合の説明を聞き、スマホの画像を見た伊勢は、膝《ひざ》の上から離れないエルを抱き寄せ、再び涙ぐんだ。

「ありがとうございます。マドカがお世話になって、エルも育てていただいて」

何度も礼を述べる伊勢に、小百合が告げた。

「来るのが遅くなってすみません。これからは、エルと通わせてもらいます。今夜は生徒さんが来るのであまり時間がないんですけど、次の予約をしていきますね」

「ご予約ですね！　少々お待ちください」

正輝がカツカツとレジに行き、即行で戻ってきた。タブレットを手に持って。

「いつがよろしいでしょう？」

「近々で空いてる日はありますか？　夜がいいです」

「それでは……」

予約のやり取りが始まった。

「マドカさん、帰国したら来てくれるといいですねえ。そしたらキッシュ解禁ですね。自分、夢なんですよ。伊勢さんが作ったキッシュ、食べるの」

愛らしい笑顔で陽介が言う。隆一も同じことを思っていた。

もちろん、食べてみたい。

でも、それ以上に、マドカがキッシュを食べる瞬間に立ち会っていたい。

ビストロ三軒亭。来る人の望みを叶《かな》える、魔法のような店。どんな秘密もどんな悩みも、ここの料理を食べる瞬間だけは、奇跡のように消え去ってしまう。

そう、ここは奇跡の店だ。だから――。

「僕、三軒亭をずっと守ります！　皆さんと一緒に！」

感極まって、つい叫んでしまった。

皆が驚いた顔をしている。

うわ、クサい！　アツい！　なに言ってんだよ！　熱血ドラマか？

即座に現実に戻った。カーっと耳が熱くなる。

「じゃあさ、隆一くん、うちの社員になっちゃう？」

室田がやさしく言ってくれた。

「はい！」

その言葉を待っていたんです！　とばかりに勢いよく答える。

「いや、よく考えたほうがいいぞ」

笑いを含んだ伊勢の声で、勢いが止まった。

「はい……」

「どっちなんだよ」と笑い合う正輝と陽介。

小百合も、室田も、エルを抱いた伊勢も。誰もが、口元に弓を描いている。
この店には、本当に笑顔が似合う……。
隆一は先輩たちの問いに答えるために、ゆっくりと口を開いていった。

本作は書き下ろしです。

ビストロ三軒亭《さんげんてい》の美味《びみ》なる秘密《ひみつ》

斎藤千輪《さいとうちわ》

平成31年 3月25日　初版発行
令和6年 12月10日　4版発行

発行者●山下直久

発行●株式会社KADOKAWA
〒102-8177　東京都千代田区富士見2-13-3
電話　0570-002-301（ナビダイヤル）

角川文庫 21517

印刷所●株式会社KADOKAWA
製本所●株式会社KADOKAWA

表紙画●和田三造

ISBN 978-4-04-108049-8　C0193

角川文庫発刊に際して

角川源義

第二次世界大戦の敗北は、軍事力の敗北であった以上に、私たちの若い文化力の敗退であった。私たちの文化が戦争に対して如何に無力であり、単なるあだ花に過ぎなかったかを、私たちは身を以て体験し痛感した。西洋近代文化の摂取にとって、明治以後八十年の歳月は決して短かすぎたとは言えない。にもかかわらず、近代文化の伝統を確立し、自由な批判と柔軟な良識に富む文化層として自らを形成することに私たちは失敗して来た。そしてこれは、各層への文化の普及滲透を任務とする出版人の責任でもあった。

一九四五年以来、私たちは再び振出しに戻り、第一歩から踏み出すことを余儀なくされた。これは大きな不幸ではあるが、反面、これまでの混沌・未熟・歪曲の中にあった我が国の文化に秩序と確たる基礎を齎らすためには絶好の機会でもある。角川書店は、このような祖国の文化的危機にあたり、微力をも顧みず再建の礎石たるべき抱負と決意とをもって出発したが、ここに創立以来の念願を果すべく角川文庫を発刊する。これまで刊行されたあらゆる全集叢書文庫類の長所と短所とを検討し、古今東西の不朽の典籍を、良心的編集のもとに、廉価に、そして書架にふさわしい美本として、多くのひとびとに提供しようとする。しかし私たちは徒らに百科全書的な知識のジレッタントを作ることを目的とせず、あくまで祖国の文化に秩序と再建への道を示し、この文庫を角川書店の栄ある事業として、今後永久に継続発展せしめ、学芸と教養との殿堂として大成せんことを期したい。多くの読書子の愛情ある忠言と支持とによって、この希望と抱負とを完遂せしめられんことを願う。

一九四九年五月三日

窓がない部屋のミス・マーシュ

占いユニットで謎解きを

斎藤千輪

可笑しくて優しい占い×人情ミステリ!

カネなし、男なし、才能なし。29歳のタロット占い師・柏木美月《みつき》は人生の岐路に立っていた。そんなある日、美月は儚げな美少女・愛莉《えり》を助ける。愛莉は見た目とは反対にクールでずば抜けた推理力を持ち、孤独な引きこもりでもあった。彼女を放っておけなくなった美月は、愛莉と占いユニット“ミス・マーシュ”を結成し、人々の悩みに秘められた謎に挑むが⁉ ほろりと泣ける第2回角川文庫キャラクター小説大賞・優秀賞受賞作。

角川文庫のキャラクター文芸

ISBN 978-4-04-105260-0